Jenipapo western

Tito Leite

Jenipapo western

todavia

E não me venha com a sua justiça, porque se vier,
eu viro cachorro doido e o senhor morre na faca cega.

Graciliano Ramos, *São Bernardo*

Primeira parte

Como se fosse um comercial de cigarros

I

O sertão é por um fio. Insetos, folhas, raízes e formigas em volta da terra. Tudo tão seco e ao mesmo tempo inteiriço. No sol escaldante, uma flor luta e sobrevive. Mesmo trincada, a vontade de vida insiste. Na cidade de Jenipapo, tudo é quebradiço, a moeda de troca circula nas lavouras de algodão. Plantam, colhem e se submetem aos três compradores. Não há banco na cidade. Roberto, um dos usineiros que começou como intermediário, disponibiliza o dinheiro e as sementes de baixa qualidade. O pagamento vem com as futuras safras do ouro branco. Um santo mártir, no momento de sua morte, certa vez falou: "Serei trigo nos dentes das feras". Um pouco isso, o que acontece, as pessoas são trituradas e ainda agradecem, sorridentes. Elas vendem o fruto do seu trabalho praticamente de graça e esbanjando contentamento, como se a compra fosse um gesto altruísta.

Ontem, Ivanildo entrou num bar e pediu uma pinga. No entanto, queria uma cerveja, e se perguntou: *Mas que porra de vida é esta em que o trabalho não paga uma cerveja?* No lado curto do horizonte uma fila em que cabiam todos os corações da cidade. Naquele instante, ele fez parte daquela horda, diluída em sujeição. O horizonte tinha sangue nos olhos e foi o começo do que finda. Todo o modelo de vida de uma família pode acabar feito a morte luminosa de um relâmpago.

Judite procura o pai, conta o que aconteceu na cidade.

"Ivanildo é burro? Não mediu o próprio tamanho com o dessa gente?", diz o pai.

"Meu pai, presta atenção, o Ivanildo tem o intestino na cabeça. Ele é muito desgrudado do chão. Deveria saber que em Jenipapo uma parte do povo é cruel, outra parte também, mas pensa que não é", responde Judite.

Nonato, com um discurso pronto, espera o filho. O problema é que Ivanildo tem a língua amolada feito uma faca de ponta fina.

"Meu filho, você reclama de barriga cheia. Olha a ruma de gente com os filhos cagando lombrigas e sem remédio. No meu modo de ver, devia agradecer a vida que tem. Cada um aqui é o seu próprio patrão. Sabe o que é importante? É a barriga cheia."

"Só temos que baixar a cabeça ao preço estabelecido pela família Palmares. Pai finge não saber que eles não passam de um bando de cretinos", o filho retruca.

"Eu quero saber da sua boca o que realmente aconteceu", pergunta Nonato.

Ivanildo não deseja responder nem perder tempo confrontando Nonato. Era pungente a sua vontade de sumir no mundo. Ele é um estrangeiro em seu próprio solo. Uma aurora nômade na casa do pai. Nutre paixão pelo risco. Deseja conhecer São Paulo e outros lugares, queria ser cosmopolita. Queria se impregnar do cheiro da poeira de vários lugares. Queria a vida se abrindo qual a maçã do algodoeiro quando se torna capulho. Trabalhar sol a sol para vender o fruto do seu trabalho, de acordo com as negociações estabelecidas pelos usineiros, é uma situação que não pode aceitar. Não tolera ser animal da superfície. Ele sente a ausência de uma vida rica em significados. Ivanildo não percebeu, mas seus dramas e questionamentos são universais. É um sujeito universal e não sabe. Na verdade, ele é um sonhador. Numa ocasião, contou a Sandro que sempre tinha o mesmo sonho. Fugindo de algo, mas não conseguia sair do lugar. Era uma sensação horrível, tentar correr e não conseguir. Acordava ofegante como uma mãe em trabalho de parto. Ivanildo não duvida da força do sonho e conta sobre cada um deles. O curioso é que alguns parecem cenas de filmes. Ontem, contou a Walter que sonhou ser perseguido por um bando de jagunços. No meio da correria se escondia atrás de uma pedra. Da pedra abria-se uma porta, de lá saindo um exército de anões vestidos como se fossem vikings. E o couro comia em cima da jagunçada. Levando seus sonhos a sério, ele pôs uma caderneta debaixo da rede e acertou no jogo do bicho. Na imaginação tudo é possível, mas no cotidiano nada é perdoado. Com o tempo, a sua família e a cidade não entendiam a sua língua.

O pai pergunta novamente, diz que não vai repetir a pergunta pela terceira vez. Ivanildo conta a sua versão. Assim foi o começo do fim:

"Eu estava na fila, torrando no sol. Ao meu lado estava Dora, vocês sabem, né, a dona do bar mais agitado das redondezas. Ela falava sobre a sua plantação, gabava-se porque não vivia somente da lavoura. Quando chegou a vez dela, vendeu toda a safra e depois virou-se para mim: 'Menino, se eu dependesse só disso, não sobraria dinheiro nem para comprar um picolé. Eu estaria pobre de Jó'. Naquele momento, pensei em Geraldo, o nosso vizinho. Ele pegou um adiantamento em dinheiro, sementes e até uma máquina manual de plantar algodão. Vocês devem lembrar, foi um ano de seca e não conseguiu nem noventa arrobas de algodão. Pai se lembra? As terras dele estavam empenhoradas, o pobre perdeu tudo. Geraldo teve um pensamento louco. O Walter falou que era piromaníaco, o nome desse pensamento. Geraldo quis tocar fogo em toda a propriedade, mas nem dinheiro para comprar um fósforo tinha."

"Meu filho, não gosto de conversas compridas, seja breve", diz Nonato.

"Certo, vou resumir. Então, senti um nojo quando olhei para uma das máquinas de descaroçar algodão. O senhor sabe, tudo aquilo só foi possível graças aos empréstimos em nome da cooperativa."

Ivanildo fica em silêncio, observa rapidamente a indiferença da irmã. Judite coloca a mão na boca como se estivesse com sono. O que ela nega é o lado selvagem do irmão que quer nascer. Ela nega porque também é gritante no seu peito.

Ivanildo retoma o assunto e conclui.

"A usina só prosperou por causa do nosso sangue, do nosso trabalho. Todos sabem disso. Não aguentei e reclamei mesmo. Reclamei do preço do algodão. Reclamei da cooperativa e, reclamei principalmente, dos créditos que nunca chegaram no bolso da família. O Roberto me encarou. Eu consegui fazer uma leitura do que o maldito pensou, sabia? Então, ele me olhou como se falasse: *será que esse condenado vale uma bala?* Isso só aumentou a minha raiva. E o pior é que ele ainda falou alto: 'Se você e sua família não quiser vender, a gente não compra e pronto. Procure outro lugar, dou a minha cara a tapa se conseguir um comprador. Algodão que não compro, eu cavalgo'. Coloquei tudo de volta na carroça, e guardei as palavras de Roberto como quem anota uma dívida para um dia fazer as prestações de contas. *Algodão que não compro, eu cavalgo.*"

Ele é doido mesmo, pensa o pai, depois que escutou tudo.

2

Judite, a filha caçula, tinha uma alma intranquila e não sabia. Ela roubou o namorado de Ana, a irmã mais velha, que até hoje continua solteira.

Naquele chão árido, entre os galhos, os insetos e as maçãs do algodão, Judite surgia com uma lata d'água vazia. Era meio-dia, todos estão fora da plantação. Uns ficavam almoçando, outros deitados em suas redes. O sol não dava descanso. Mesmo assim, o amante de Judite aparecia. Certa ocasião, na missa, escutaram uma leitura do Cântico dos Cânticos e se sentiram dentro daqueles versículos. Era algo santo e profano em cada desejo que evaporava no calor do sertão.

Pedro, que primeiro amou Ana, depois amou loucamente Judite. Mulher dona de uma beleza perigosa que sempre carregou algo selvagem dentro dos olhos. Baila um desejo de desgraça na pele dela. É o que as mulheres dos arredores diziam. Judite, que sempre teve os homens em suas mãos, não deixava transparecer que amava Pedro. Era como se estivesse apenas num jogo, sendo o vencedor quem saísse menos ferido. Se aquilo tudo era um jogo para Judite, foi Ana quem saiu mais ferida.

Ocorre que em lugar pequeno nada fica muito tempo escondido. As pessoas começaram a desconfiar. Principalmente porque o rapaz ficava com cara de bobo. Com o tempo, já nem disfarçava, e a imprudência era a melhor amiga da língua. Judite dizia: "Ô língua". Entre sol, algodão e suor, as peripécias dos dois chegaram até a família. Seu Nonato pôs uma espingarda dentro de um saco de estopa e, juntamente com Rodrigo e Gil, foi até a casa da família de Pedro. O recado foi dado. Mexeu tem que casar. Ou ele assume a filha ou vai ter sangue. Naquele momento, Pedro pensou na primeira vez em que conheceu o corpo de Judite, isso porque não havia virgindade nenhuma. Aquele corpo já era viajado. Na verdade, uma boa viagem. Mas acontece que Pedro a amava como quem rasgava as próprias entranhas; tê-la para sempre era a sua compulsão. Mesmo com todo o tabu do sertão, não importava o ponto de origem. O que importa é o destino.

Pedro guardou segredo, até porque adorou as exigências da família. Era o que mais queria da vida. Judite, nem tanto. O que importava era ter um homem com quem dividir os prazeres, que, na realidade dela, só seriam concedidos por meio do casamento. Hoje estão casados. Judite vive bem, toma conta de todos os negócios da família. O marido só serve para assinar o talão de cheque da agência bancária, que fica em outra cidade. O comerciante fica o tempo todo sonhando em comprar terrenos. E depois construir uma vila de casinhas para alugar aos menos favorecidos.

Quando Pedro e Judite estão brigados, ele toma sua cachaça e passa um bom tempo pensando que poderia ter sido mais feliz se tivesse continuado com Ana, a irmã calma. Ela fala pouco e vive para ajudar o pai nos trabalhos domésticos. Hoje, quando fez a comida, contou os lugares na mesa, queria um dos sobrinhos. "Uma criança alegra tanto uma casa", dizia.

O dia corria como vento de tempestade. Ana queria descansar um pouco e cortar as unhas. Mas, durante o dia, varre a casa, prepara a comida e espera a roupa secar ao sol, quer deixar tudo engomado. Ela não gosta quando sobra trabalho para o dia seguinte. Depois que a mãe morreu, tudo caiu nos ombros dela. Ana sente dores nas costas e queria um sono restaurador num lugarzinho só dela. Mas os cômodos da casa são de todos. Às vezes, ela fala sozinha: "Pai torce para eu continuar solteira, pai não quer perder o jumentinho de carga".

Quando o dia finda, Ana visita a cova da mãe. Acende uma vela e lamenta ter ficado órfã tão cedo. Lamenta por não ser o pai ou a irmã naquela cova. Ela se sente culpada por desejar a morte de Nonato e de Judite. É como se por dentro existisse uma criminosa. Por isso, passa os dias sem olhar para os dois. Nem todo mundo admite o seu lado escuro. Quando anoitece, encontra o seu único momento de descanso. Deita-se na rede e tenta esquecer o quanto se sente culpada. No entanto, volta a repetir: "A maldita da Judite roubou meu único namorado, me condenou à vida de empregadinha".

3

Muito mais que pedra: uma brutalidade em estado natural. Há algo de crispado em Rodrigo, o filho mais velho. Uma ocasião, escarrou no chão da cozinha e a esposa o repreendeu. "A casa é minha, eu que construí, sou eu que boto comida aqui", disse ele. A partir daquele dia, nunca mais pôs os pés dentro da própria casa. Nunca mais tocou na mulher. Quando chove, dorme no alpendre, é a única parte da casa em que pisa. Ele e os bichos vivem em harmonia, como se fossem retalhos de um mesmo tecido. Algumas pessoas começaram a falar que a alma de um cachorro louco se apossava de Rodrigo. Há uma história antiga na cidade de que os primeiros Trindade tinham o dom de conversar com o mundo dos espíritos e dominavam vários fenômenos de possessões. Na verdade, era outro o sobrenome, a bisavó mudou, dizendo que seria necessário para um novo destino.

Caetano, o filho do bruto, gosta de lembrar da marca de bala nos ombros do pai. A cicatriz revela que ele não é esse homem de moral como se apregoa. Rodrigo se apaixonou por Ritinha, a puta mais solicitada do Bar das Calcinhas, o puteiro de Dora. Todo final de semana procurava Ritinha, e levava dinheiro, e pedia emprestado, e vendia a roupa do corpo. De todas as mulheres, somente Ritinha bastava. Ficava louco com os seios pequenos e durinhos. Brigava por ela. Arrumava muita confusão. Uma ocasião, teve que engolir a saliva quando viu Roberto entrar, dizendo: "Cabaré que não mando, eu fecho". Numa dessas, outro cliente também queria Ritinha, uma mesa foi jogada nas costas de Rodrigo, uma garrafa dançou na cabeça do sujeito e armas foram puxadas. Gil, o segundo dos filhos de Nonato, já sabia que, mais cedo ou mais tarde, algo do tipo iria acontecer. Por isso, sempre aparecia por lá. Ele estava desarmado, mas era habilidoso com as mãos. Rodrigo, com as costas travadas da pancada, puxou o revólver, atirava pro alto. Enquanto o pau comia bonito, a vitrola ainda tocava: "Hoje eu quebro essa mesa se meu amor não chegar". Ele e Gil ficam atrás do balcão, o irmão pedindo a arma, Rodrigo gastando as balas, até que alguém acertou no ombro dele e fugiu. Pensou que o tinha matado. Ele gemia de dor. Dora disse: "Passa cuspe que sara". Os dois irmãos foram proibidos de frequentar o estabelecimento. Caetano sempre lembra, o pai tomou um tiro brigando por causa de puta. Foi uma noite com cor de estilhaço. Se Rodrigo tivesse passado a arma, Gil teria matado alguém no puteiro.

Caetano diz que viu o fusca de Judite. Rodrigo chega na casa do pai e cada palavra se transforma num cavalo de batalha. O que os irmãos falavam nem fazia cócegas nos ouvidos de Ivanildo. Ele não é homem de perder tempo fazendo algum tipo de inventário moral. O sonhador carrega na alma a palavra "lonjura". Gil chega logo depois, quando sabe do fusca estacionado. "Judite tão cedo por essas bandas, boa coisa não é, algo azedou", comenta com Camila. Ele pensa semelhante ao seu pai: "Se temos como ganhar o nosso pão e somos autônomos, não tem por que lamentar". Todos os irmãos estão na casa do velho Nonato. O único ausente é Sandro, que foi se despedir de Walter. O amigo estava voltando para o Rio de Janeiro com um calhamaço de anotações para entregar ao orientador de doutorado. O estudo é sobre a expansão da mente a partir dos alucinógenos. Na sua pesquisa de campo, ficou interessado em relatos sobre Balbina, a bisavó dos gêmeos. Ela estava antenada com a psicodelia indígena e produzia uma beberagem com a jurema e outros ingredientes. Balbina gostava de falar sobre o processo de morte e renascimento de cada homem. A estada de Walter em Jenipapo foi apenas de três meses, ele ficou muito amigo de Sandro.

Dentro da casa, os ânimos ficam elevados, dando a impressão de que se alguém acender um cigarro tudo explode.

"É tudo culpa da mãe de vocês, que mimou demais. Veja no que deu. Não deram em nada. Nem ele e nem o outro irmão, o Sandro. Um agora virou rebelde, o outro, abestado", diz Nonato.

"Sempre falei que, quando mãe morresse, eu daria uma surra nele. Acho que o dia chegou", diz Rodrigo.

"Rodrigo, por que você é tão brabo? Um homem bruto sofre muito na vida. Se um dia um cachorro morder a tua canela, é ele que pega raiva. Mas se aquieta, enquanto eu estiver vivo, não quero briga na minha casa. Por falar em canela, já tomei a minha decisão. Ivanildo não vai participar da venda do algodão. Ele, sim, tem o juízo na canela."

Sandro, um dos gêmeos, chega com uma rolinha "fogo-pagou" nas mãos. Estava com a asa machucada. Ele pega para cuidar e a protege numa caixa de papelão. Tinha medo de algum gato comer. Cuidou tão bem dela que a coitada ficou semelhante a um fardo de rapadura empacotado. Nonato, todo vermelho, sente vontade de puxar a caixa e jogar a rolinha aos gatos.

"Bando de filhos doidos, nenhum puxou a mim. Era só o que faltava. No meio dessa confusão, chega esse abestado com uma rolinha. E tem mais, agora anda de amizade com um drogado. Se não fosse filho meu, até pensaria que andava se drogando. Não quero aqui. O agouro desse canto 'fogo pagou' lembra do sol, que queima o nosso espinhaço."

"O que o senhor meu pai não gosta do canto é justamente o que dela amo, revela como nossa vida é miserável. É aquela coisa, nem todo mundo aceita as suas misérias", Ivanildo diz.

Com essa constatação, desconforto na medula espinhal da família, não é apenas Ivanildo que sabe. O pai também reconhece que tem algo errado. Alguma coisa falta. Até Sandro entende, o que falta é uma vida boa. Um teólogo diz que a Santíssima Trindade é a melhor comunidade. Já a família Trindade encontra-se toda trincada. Sandro, para irritar o pai, começa a imitar o canto: "fogo pagou".

4

Sandro gosta do grande rebuliço que fica na cabeça do pai e dos irmãos quando Ivanildo coloca os seus questionamentos. O fato é que existem pessoas que não gostam de perguntas. Outras têm preguiça de pensar. O sonhador pergunta se o irmão tem medo do que é desconhecido.

"Eu, não. Gosto é de novidades. As notícias voando soltas, como se fossem um avião de papel. Uma vez, fiquei muito feliz quando fui sorteado na rifa de um perfume. Minha vontade era sair contando para todo mundo. O triste é que não tinha ninguém em casa. Então, olhei para o pardal no telhado e falei: *ei, passarinho, vem cá, quero contar uma novidade*", responde Sandro.

Ivanildo se senta no alpendre com uma garrafa de aguardente. Acende um cigarro e fala sobre uma garota que conheceu no Crato. Ela não conseguia passar um dia sem ler pelo menos uma página de livro. Para ela, um dia sem leitura seria feito um barco que atravessou um mar que nunca existiu. Se tudo o que é vivo torna-se interessante para o ato de nomear, há questionamentos que nos salvam da inação. Para Sandro, o irmão deixou de fazer uma bela pergunta. Qual o momento da vida que, sem ele, seria como atravessar um mar, que não existiu?

"Ivanildo, bem que você poderia ter me perguntado: 'Sandro, qual o momento da sua vida que, sem ele, seria como atravessar um mar, que não existiu?'. Eu responderia: 'Quando anoitece e fico no quintal, olhando as estrelas'. Pai diz que sou aluado. Meus outros irmãos me chamam de abestado, você sabe disso. Sou apenas um homem que olha para o céu. Por que as pessoas esqueceram de olhar para o alto? Penso que, mesmo morando neste fim de mundo, sou vigiado pelo universo. Pela manhã, levo a lavagem dos porcos, dou comida aos bodes; lembro da Bíblia, quando fala do bom pastor, que cuida dos rebanhos. Mas não sou pastor ou homem-porco. Queria mesmo era ser pescador de estrelas e ganhar a atenção dos nossos irmãozinhos do céu. Juro por Deus que eles existem. Pode acreditar."

Sandro tem a cabeça em outro lugar. Em conversas com Walter, ele escutou falar de discos voadores e, desde então, não tira os olhos das estrelas. Assim, se Ivanildo deseja conhecer o Brasil e outras partes do mundo, o irmão deseja correr o universo. Às vezes, Ivanildo ficava cismado com o estudante e dizia: "Ele fala sobre discos voadores para bagunçar com a imaginação do meu irmão". No entanto, é gracioso saber que o melhor momento da vida de Sandro é quando ganha uma sensação de pertencimento com as estrelas. Quando perdemos o encanto com as coisas que amamos e que por elas lutamos um dia, o universo diminui. Ivanildo perdeu o encanto com as coisas da terra e da família. Porque não espera muito da cidade. Por isso, Sandro acredita que o irmão está diminuindo o seu mundo.

"Meu irmão, quem sabe, a minha vista seja curta para as coisas do alto", diz Ivanildo.

"Talvez, você esteja fora de lugar. O seu universo precisa entrar em movimento", responde Sandro.

"Quem sabe na marcha do universo eu sou apenas alguém que sobrou. Mas, me diga, por que aponta os dedos para o céu, como se as estrelas estivessem falando algo?"

"Quem sabe o universo diga algo mágico, para você se encontrar, ou então, os nossos amiguinhos das estrelas. Se quiser, posso lhe contar as histórias que sei sobre disco voador. Presta atenção, não estamos sozinhos no universo. Se na casa de Deus há muitas moradas, no universo há várias galáxias e outros seres cabeçudos que são muito mais espertos do que nós. Daqui a pouco, vou fazer avistamento, quem sabe perceba um objeto não identificado. Walter contou que uma contatada, que esteve em Quixadá, afirmou que são evoluídos, e se um dia esses seres nos ajudarem, a lucidez será um elemento da tabela periódica."

Ivanildo acha belo quando alguém fala de acordo com as verdades que saltam do coração. Ele sabe que o irmão acredita mesmo nisso. Sente saudade de quando era um homem de fé e acreditava que em qualquer momento algo extraordinário poderia acontecer. A sua vontade de conhecer outras veredas é o que o salva do ceticismo. No fundo, queria acreditar em milagres. Sua família acredita. Até mesmo porque, em sua casa, sobreviver é o grande milagre.

5

O algodão na carroça e no lombo de dois burros. Um olhar desacorçoado de Rodrigo e a cara de raiva de Gil. Ambos voltam da rua com as mãos vazias e com as gargantas aguadas de desespero. Tiraram os sacos da carroça, como se o peso fosse três vezes maior. Quem faria negócio com uma família malvista pelos donos da cidade? Ninguém comprou o algodão. Ofereceram o produto aos três usineiros e até aos pequenos comerciantes.

Quando conversaram com Roberto, até para tirar a má impressão deixada por Ivanildo, o usineiro chamou o próximo da fila, como se os irmãos já não estivessem no mesmo espaço. Ana vê os irmãos sem dinheiro e mantimentos. Ela sente um aperto no peito. Lembra de quando era criança e o seu único brinquedo era uma boneca, que dividia com Judite. Um dia, a boneca sumiu e Ana fez a sua primeira experiência com a palavra "ausência". É nisso que ela pensa, que tudo pode sumir, que a casa vai desabar. Ela tem medo do começo do fim. O começo do fim já começou.

"Cadê o irresponsável do Ivanildo? Eu avisei que o povo daqui não perdoa. Eu avisei. Ninguém mexe com peixe grande. Ele não tem mulher nem filhos. Eu tenho a Lurdes, que vive reclamando do que boto na mesa. Aquela mulher tem uma fome canina", disse Rodrigo.

"Sandro, vê se para de ficar pensando na morte da bezerra, vai chamar o teu irmão na lavoura. Serve para alguma coisa", diz o pai.

"Não tenho nada a ver com isso; quem cuida dos bichos da casa sou eu. Não passo o dia sem fazer nada. Já falei que não gosto quando me tratam como se eu fosse o bocó da casa", responde Sandro.

"Vai logo e deixa de presepada. Sou seu pai. Só faltava mais essa. Vai ficar igual ao teu irmão, cheio de ousadia? O problema desses gêmeos foi falta de peia no couro."

Sandro caminha balançando a cabeça e imitando a voz do pai, "Vê se para de ficar pensando na morte da bezerra; serve para alguma coisa". Sua cachorra o acompanha, a sua amiga que não o chama de bobo ou idiota. Para ele, isso é quase tudo. Sandro começa a reclamar do irmão, falando sozinho: "Ivanildo só faz falar, qualquer dia quem vai embora dessa casa de doido sou eu".

Ivanildo chega com passos lentos. Pega um palito de fósforo e tira a cera dos ouvidos. Ele sofre pela solidão de povoar sozinho todos os seus pensamentos. Na solidão, com o tempo, o próprio deserto olha para o solitário e diz: *você já é de casa*. Habitar em si também é um mistério. Judite habita com os outros. Para ela, o verdadeiro mistério é o da salvação. Por isso, os três irmãos gritam e apontam os dedos, como quem diz: *queremos uma palavra de salvação*.

Judite fala quase que em cantochão:

"Não precisava ter bola de cristal, todo mundo já sabia que Ivanildo um dia iria fazer merda. Meu irmão, você não é mais um bebê para pedir que alguém limpe a sua bunda. Resolva isso."

Rodrigo não consegue acreditar que o irmão carrega na cara um sorriso de felicidade. Acontece que o riso não é da própria desgraça. Ao contrário, o sonhador acredita que carrega as palavras de salvação. Ivanildo é capaz de tirar vários coelhos da sua cartola. Isso porque o pensamento enquanto pensamento é também algo mágico.

"Seu doido da peste, me diga uma coisa, se ninguém comprar o nosso algodão, como vamos viver?", pergunta Rodrigo.

Ivanildo pede calma, diz que tem a solução. Ele olha para os irmãos, como se tivesse enxergado além dos cercados de terra. Como se tivesse entrado na velha casca da realidade e saído do piloto automático. Como se agora estivesse enraizado nas coisas da casa.

"Sabe que, em algumas ocasiões, eu até gosto da sua falta de juízo. Mas tenho receio do que tem para dizer", fala Judite.

"Como diz o nosso irmão, pensando em outros planetas. Na casa do pai há muitas moradas. Mas me digam: quem na região pode comprar tudo? Qual a cidade com maior produção de algodão?", pergunta Ivanildo.

"A cidade com duas usinas de algodão é Pau D'Arco. Depois tem Capim Santo e Dilúvio das Almas. O curioso é que esses municípios não têm uma produção igual a nossa", responde Judite.

"Vamos pegar toda a nossa safra e a dos vizinhos, alugar um caminhão e vender nas outras usinas. Vão ser várias viagens. Venderemos tudo, e também pedindo uma porcentagem, ganharemos um bom dinheiro com o algodão dos outros."

Ivanildo fala de forma acelerada, como se entrasse novamente no piloto automático e despejasse todo o enredo que já sabia de cor. Judite concorda. Afinal, é ela quem manda nas finanças do marido e pegou um certo tino para o comércio. Ela cria os dois filhos debaixo do balcão. Quando colocou o mais novo no colégio, a primeira coisa que falou foi: "Fabinho vai aprender a contar dinheiro".

"Escuta só, se é tudo fácil assim, por que outros ainda não fizeram?", pergunta Rodrigo.

"Homem, seja pessimista não; seja não. Sabe muito bem o motivo, o medo. Mas já não há nada a perder. Temos dois caminhos: jogar toda a safra no caminhão ou sumir de Jenipapo para fugir da fome", Ivanildo responde.

Judite passa a mão no queixo e coloca na balança os prós e os contras da proposta do irmão. Quando a cooperativa foi fundada, ela fez Pedro vender alguns dos terrenos e comprar um jipe. Os carros na região são tão poucos que se pode até contá-los. Então, ela alugou o jipe para o banco de outra cidade, que realiza a fiscalização do crédito rural. Isso incomodou os usineiros. Em Jenipapo, Martins e seu grupo nunca aceitaram um banco, principalmente agora, com os esquemas de empréstimos. Judite não reconhece, mas também deseja botar fogo na cooperativa.

"Sonha que os outros vão colaborar, sonha bem gostoso. O que sei é que se lascamos direitinho", fala Gil.

"Faz sentido, esqueceram que alguns dos vizinhos são de partidos de oposição ao prefeito; eles vendem o algodão ao grupo por falta de opção. Vocês lembram que uma das famílias foi expulsa e voltou? Se retornou é porque não tem medo. Quer saber de uma coisa? Acho que pode dar certo. Pelo menos, vamos tentar", disse Judite.

Uma das questões era se Ivanildo realmente iria passar por essa travessia, assumindo o volante, ou ficar à deriva. Na cabeça dos irmãos, uma pergunta: se tudo já tinha sido pensado pelo sonhador. Isso porque ele fala de tudo de forma bem planejada. Judite comenta baixinho com Rodrigo: "O Ivanildo já era todo cheio de besteira, agora vai achar que mija diferente de vocês, que quando mija sai ouro". Gil escuta e comenta no ouvido de Judite: "Não tem problema, antes dele ficar inchado de orgulho, eu capo ele como se fosse um dos nossos porcos".

6

Muitos pássaros se perdem do seu voo, e flores de sua estação. O que Ivanildo e Judite fingiam não saber era que ainda havia muita coisa para perder. Um dos vaqueiros de Martins, numa noite de vaquejada, falou demais. Depois que tomou suas canas. Segundo ele, numa das reuniões, Roberto decidiu mandar homens encapuzados espancar toda a família Trindade, e, depois, expulsar da cidade. Martins, conhecido como a Serpente Prudente e Selva de Gelo, aconselhou um novo método. Ele gostava de dizer que não dava conselhos, apenas sugestões: "No lugar de matar com uma bala na cabeça, vamos matar de fome. Isso será como colocar uma marca na testa deles, mostrando que são excluídos, e quem se envolver com eles não será bem-visto". Então, decidiram que ninguém na cidade compraria o algodão dos Trindade; também não fariam negócios. No primeiro momento, Roberto não aceitou o plano do primo. No entanto, não queria gastar dinheiro, pagando pela sua própria truculência. Assim, ficou tudo como a Serpente Prudente sugeriu.

Na mesma noite, Roberto brigou com a mulher porque ela fez frango para o almoço. Para economizar, o frango só devia ser servido no final de semana. Durante a semana, apenas ovos e toucinho. Numa ocasião, o filho levou a namorada para a família conhecer. Roberto o chamou em particular e o aconselhou a não se casar com ela, alegando que a moça era gastadeira.

Depois de dois dias, o vaqueiro de Martins foi encontrado boiando num rio, com um tiro na cabeça. Eles colocam matadores nas fazendas e dizem que são vaqueiros. É aquela coisa.

No sertão, as palavras têm peso, todas são julgadas como se fossem no dia do juízo final. Se você não dobra a língua, a desgraceira é grande. Não foi à toa o comentário da cidade de que a família Trindade ganhara na loteria. Isso porque sofreu apenas a retaliação das vendas do algodão. Ivanildo poderia ter tomado uma boa surra ou um tiro, para aprender a ficar quieto.

Martins, Roberto e Joca acaudilham uma cooperativa. A finalidade não é comprar e revender toda a plantação dos associados, mas ter acesso ao crédito rural. Esses homens poderiam tatuar a palavra "maracutaia" na testa que, mesmo assim, pelo medo da perversidade dos Palmares, os agricultores continuariam a negociar com eles. Segundo Ivanildo, o nome não era negociação, era outro: sujeição.

Quando o Estado começou a investir nas cooperativas, Martins, um dos compradores que ditava o preço a ser pago, teve a ideia de fundar a cooperativa de Jenipapo, colocando todos os pequenos agricultores como associados. Acontece que o sistema de compra foi mantido. Com a associação, fizeram um esquema com créditos e outros benefícios, transformando os agricultores em laranjas. Assim, ganharam toda a mecanização das usinas. Beneficiados pelos créditos, compraram quatro caminhões, ficando em desuso o transporte com animais. Joca gostava de dizer que o trabalho dignifica o homem e a honestidade é tudo. O curioso é que ele pôs um dente de ouro, usando o dinheiro do crédito rural no nome de um dos associados. A própria Dora, que se acha uma velha inteligente, já tem dois empréstimos no nome dela e nem sabe disso. É com esse povo que Ivanildo se meteu.

7

Cheiro de festa na casa. Sandro faz uma volta olímpica de tanta alegria. Imagina que a família pode melhorar de vida, vender o algodão por um preço que pode se aproximar do que seja considerado justo. O irmão tomou o seu lugar à mesa e ganhou um motivo para permanecer. Ivanildo, que até então era feito ele, um pária na família, passou a exercer um papel importante. Era como se fizesse ecoar o texto bíblico: os humilhados serão exaltados. Mas essa alegria o assusta, sabe que felicidade é pássaro raro. Quando se mora num lugar bruto, é diminuta.

Sandro nasceu por último, agarrado em Ivanildo. Nos primeiros anos, todos sabiam quem era quem. Sandro sempre pareceu um bebê, uma criança precisando de cuidados. Qual criança com necessidades especiais, a mãe o criou. Existe uma segregação entre os irmãos. Os gêmeos foram criados com todos os cuidados maternos, enquanto os outros, nos ombros do pai. Os dois irmãos cresceram apegados um ao outro, principalmente depois que a mãe morreu de tuberculose. Ambos cresciam sob o olhar de desdém dos irmãos e do pai. Era como se os dois fossem meio-irmãos, apenas pela parte da mãe. Ivanildo sempre mais independente. Não aceitara os cuidados excessivos da mãe. Em casa, o sonhador sempre foi um estrangeiro.

Ao olhar para Sandro, não se vê apenas um homem de vinte e nove anos, que dizem que esqueceu de crescer. Mas alguém que, nas adversidades, não esquece de levantar a cabeça. Pobre Sandro, nem imagina o quanto de vida e de morte já se anuncia em sua casa. Mesmo com toda a euforia, desconfia do terreno espinhoso que os irmãos estão pisando. Ele espera que a noite caia e as estrelas o convidem para um momento de iluminância. Um momento em que experimente a sensação de que a família não está sozinha nessa empreitada, pois em algum lugar do céu alguém olha para eles e deseja toda a sorte do universo.

8

Ivanildo sempre achou a família semelhante a uma redoma. Qualquer dinheiro que ganhava era o bastante para abandonar os seus afazeres no campo e pegar um pau de arara com destino a qualquer cidade das redondezas. Observava os comércios, praças, igrejas e, claro, as mulheres. Se não conhecia o mundo, considerava interessante conhecer cada galho de sua região. Conhecer não apenas o que estava acontecendo, mas se perguntar pelas gerações anteriores. Seu sertão dos índios, dos padres e dos coronéis. De modo especial, o que faziam suas terceira, quarta e quinta gerações anteriores. Uma certeza: nenhuma delas era de saciados, mas de homens e mulheres angustiados, que bebiam ervas amargas.

Walter anotou relatos interessantes sobre a bisavó dos irmãos Trindade. Balbina apreciava as aventuras da mente. Fazia adivinhações, entrava em contato com outros mundos e, com ajuda de algumas bebidas, mencionava a abertura do terceiro olho. Uma ocasião, ela fez um enfermo beber um chá e o guiou dizendo que precisava descobrir a sua canção interior. Escutando o som dessa canção, encontraria a cura. Walter descobriu que um dos elementos dessa beberagem, preparada por Balbina, era o alcaloide harmalina. Para Walter, isso era o pulo do gato da sua tese. De modo especial, porque, nos estudos de Stanislav Grof, a harmalina guarda semelhança com as substâncias encontradas na glândula pineal. E o curioso é que, nas tradições místicas, a glândula pineal é de grande importância para um estado visionário que abre o terceiro olho da mente.

Para Jenipapo, Ivanildo nunca foi um homem útil do ponto de vista do progresso. Mas as suas observações eram suficientes para ganhar a clarividência dos adivinhos. Ele sabe que o modo de vida dos produtores de algodão iria acabar em menos de dois anos. Já era evidente o estrago do bicudo em algumas plantações. Os compradores desejam o maior lucro dos últimos anos. Isso porque, mais cedo ou mais tarde, essa praga vai devastar tudo. Só a cidade ainda não quis acreditar. É necessária outra roda do invento e ressignificar em sementes um novo tempo e espaço. Além disso, a indústria têxtil, que transformava fibras em fios, conquistou o mercado interno e externo.

O medo que a cidade sente dos Palmares parece fazer assonância com a palavra "servidão". Os moradores se atrelam aos usineiros para não serem vítimas da maldade. Convencer os vizinhos não foi fácil. Além disso, não conseguiram carro. Nenhum motorista de caminhão pau de arara topou fazer parte dessa empreitada.

Um dos agricultores falou para o caminhoneiro:

"Já pensou se no meio do caminho algum grupo encapuzado toca fogo no pau de arara e com ele o nosso algodão? Não iremos colocar o nosso semestre nas mãos desse povo."

"Ontem, eu vi um grande vespeiro num pé de aroeira, se algum passarinho chegar perto, se lasca todinho. Cara, Ivanildo é um passarinho pousando num grande vespeiro. Eu que não vou colocar as minhas mãos, o ferrão é bem afiado", fala o motorista.

"O tal do Ivanildo é doido, muito doido. Se reparar bem, dos filhos de seu Nonato, somente Ana tem juízo", avalia o agricultor.

"Cara, se brincar, naquela família de doidos, só a cadela Cajuína tem juízo."

O sonhador, em um dos seus momentos de iluminâncias, pensou uma coisa. Se aquela família que foi expulsa topasse um acordo, os outros mudariam de ideia. Um acordo simples. Vendem todo o algodão dessa família sem pedir comissão. E em troca convencem os outros. Foi dito e feito. A família topou, e os vizinhos ainda conseguiram o transporte com um caminhoneiro que morava em outra cidade. Só não foi melhor porque muitos agricultores estavam com toda a safra empenhorada.

9

Sandro nunca participou da venda de algodão. Hoje, ajudou a colocar tudo no caminhão. Passou a noite carregando fardos. Dias melhores, uma esperança nuvem baila na cabeça de toda a família. Até Judite largou o comércio e foi acompanhar tudo. Ana nem chegou perto, mas se alegrava com o que estava acontecendo. Ela olhava para o dono do caminhão e pensava: "Poderia ser você o homem que me carregasse deste lugar. O homem que me desse um filho, dividisse uma cama ou rede comigo. Mas acho que vou ter menino, será que estou grávida? Falei tantas vezes para não deixar lá dentro. Na hora que você sentir que vai sair, por favor, tira, dizia eu. Pode colocar na minha barriga, mas não deixa dentro".

Os três irmãos e Caetano sobem no caminhão, deixando apenas o motorista na cabine. Na carga, uma parte da safra da família e de alguns vizinhos. Rodrigo tem medo, acha isso tudo muito assustador. Não era apenas entrar em outra cidade, em busca de compradores, pois carregavam a vida deles e a dos vizinhos no caminhão. Para um vendedor comum é algo normal, para os Trindade era uma odisseia. A grande aventura.

Caetano, o filho de Rodrigo, nunca tinha saído da cidade, era arisco feito o seu tio Gil. Os dois são unha e carne, nem mesmo com Rodrigo o garoto é tão apegado. Ele e o pai não estão se falando. Rodrigo não entra na própria casa, come junto aos bichos. Aconteceu o seguinte: Lurdes mandou Caetano levar o almoço do pai. Rodrigo reclamou da comida, dizendo que o arroz estava muito ligado. Falou que parecia massa de cimento. Jogou o prato na parede, o curioso é que o arroz ficou grudado: "Viu só como a comida da sua mãe é igual cimento pra reboco de construção?". O menino não olhou para o pai, nem respondeu, apenas virou as costas.

Gil tem uma alma forjada no risco. Um homem esquivo, dado à caça e bom atirador. Conta-se que quando criança acertou num beija-flor com uma baladeira, depois comeu o coração do passarinho e, a partir desse dia, passou a ter a melhor pontaria da cidade. Falam que é capaz de acertar um tiro num cigarro a vários metros de distância. Quando aponta uma arma para o alvo, não é a raiva que o alimenta, mas o desejo de fazer com que o tiro tenha a perfeição de um número. Essa é a sua maneira de ser no mundo.

"Não tem segredo, é procurar as duas usinas e vender tudo. Moramos numa das maiores regiões algodoeiras do mundo e não sabemos disso", diz Ivanildo.

"Caramba, então vamos vender logo tudo, enquanto essa nova praga não toma conta da lavoura. Minhas mãos já estão fedendo a inseticida", diz Gil.

A terra seca e esburacada sacode o caminhão e não há nenhuma árvore verde. Aos poucos, a descrença cedia lugar ao entusiasmo. Por mais que o ambiente fosse árido, a novidade é um refrigério. Entrando na cidade, Caetano é observado pelas meninas. Rapaz de fora desperta curiosidade. *Qualquer dia, faço um passeio nesta cidade, quando tiver alguma festa, quem sabe arrumo uma namorada*, pensa ele. Rodrigo observa o comércio, pensa no algodão, diz que se der errado abre uma pequena venda. Gil fica observando as mulheres que passam na rua, só lembra que é casado porque Camila é uma mulher que nenhum homem consegue esquecer facilmente.

"Tomem cuidado para não olhar nenhuma mulher casada, essa cidade não gosta de forasteiros. E principalmente no nosso caso, né?, que viemos em busca de dinheiro", fala Ivanildo.

Ocorre que o sonhador se perde nos olhos de uma desconhecida. Devagarinho, o motorista dirigia o caminhão. *De que parte dessa região eu a conheço?*, pergunta-se Ivanildo. Os olhos dela parecem corresponder e fazer a mesma pergunta. Eram olhos cor de mel. Nem se tivessem sido feitos em caldo de cana com gengibre seriam tão doces. Ela deseja que Ivanildo salte do caminhão e pergunte o seu nome. Se é casada ou tem namorado. *Por que você não desce? Seria bem bom se me dissesse o teu nome*, ela pensa. O caminhão dobra num beco e o sonhador é tomado pela vontade de descer. Por alguns minutos, é invadido por uma densa tristeza. Pensa nos anos que passaram. Na verdade, se pergunta sobre os amores loucos que não viveu. Desses que sentimos raiva, quando estamos apaixonados. Algo muda, agora; carrega uma desconhecida no coração. Recorda as palavras de Sandro, gostar do que é novo. Contudo, o que eles estavam fazendo, dentro da família, já era inovação. Assim como uma boa nova para Jenipapo. Um convite para se libertar da tirania dos Palmares e buscar outro mercado. Contudo, a diferença de preço não era tão grande.

Do absurdo nasceu o maravilhoso. É a grande viagem da vida dos três irmãos. Mal sabiam eles que a odisseia apenas tinha começado, ainda teriam novas chuvas e outros Hades. Caetano não para de rir, a sensação é de aventura. Do vento o respirando como se fosse um comercial de cigarros, que ele viu na TV; na casa de Judite.

10

Uma esperança nuvem é redigida na cabeça de Ivanildo. O seu mundo coube naquele instante. Pouco contato e intenso. Aquele momento fugidio era tudo de eterno que desejara. O eterno nos seios da desconhecida. Mas nada de eterno perambula no que é tempo e espaço. Ivanildo deseja concluir logo a venda do algodão. Quer encontrar novamente aquela mulher. Dividir a vida com alguém. Pela primeira vez, vislumbra a possibilidade de acalmar os sítios mais movediços de sua alma.

Em Pau D'Arco, venderam todo o algodão. Os três irmãos e o sobrinho retiram os sacos da carroceria e recebem uma parte do dinheiro em mãos. A outra parte, somente no outro mês. Param num bar, pedem uma cerveja, mas na verdade tomam seis; e comem um baião de dois com toucinho. O único prato disponível no bar. Rodrigo não consome álcool. Evita desde a primeira dose, porque não consegue parar de beber. Numa ocasião, no centro de Jenipapo, bebeu tanto que apagou no boteco. Para ensinar como a cidade trata um matuto, o colocaram num carro de mão, passearam com ele até a casa de Judite.

"Em toda a minha vida nunca imaginei isto, a gente aqui, sentado num bar, em outra cidade, tomando cerveja; e ainda pedindo comida. Nem no Bar das Calcinhas seria tão bom assim. Dora enche muito o saco", fala Gil.

"Na próxima semana, faremos tudo de novo", diz Caetano.

"Esse é o problema, puxar as barbas da repetição", diz Ivanildo.

"Só o que faltava, agora é metido a poeta. Quer saber o que é um problema? É passar fome ou ser um desocupado", retruca Rodrigo.

Depois do almoço, começam a pequena jornada de volta. Ivanildo deseja a mulher dos olhos cor de mel. Pede para passar pelo centro. A sorte, aliada dos que se jogam na vida. Ele a vê dentro de uma sorveteria. Entra e pede um sorvete de coco, fica perto dela. *Por que ele não pergunta meu nome e puxa uma conversa?*, pensa ela. O sonhador tem medo de se aproximar. Nesse momento, fica todo atrapalhado com as palavras. Os irmãos entram na sorveteria e dizem que têm pressa para chegar em casa. Rodrigo pergunta pelo preço do sorvete e afirma que é uma carestia. Ele fica mais acanhado agora, com a presença do irmão. Ela percebe o cheiro de álcool e se pergunta: *será que ele é alcoólatra? Mãe fala que homem que bebe é um atraso de vida.* Ivanildo segue os irmãos até o caminhão. "Que homem mole sou eu", ele resmunga duas vezes.

Na estrada, uma moto com dois homens segue o caminhão e o ultrapassa. *Talvez um assalto, na próxima curva ou mais na frente*, pensa o motorista. Ninguém estava armado. Gil desconfia e bate na cabine, pergunta se tem pelo menos uma faca.

"Rapaz, o que vale uma faca com dois homens com armas de fogo? Tenho uma ideia melhor, eles devem ser dessa cidade. Já sei o que vou fazer", fala o motorista.

Uma coisa eles sabiam. Assim como os carros, as motos na região também eram contadas, para poucos. Aqui, a vida nunca acontece em acréscimo. No outro dia, seria fácil saber quem são eles. Justamente por isso, a questão era se haveria outro dia. O caminhão começa a parar e o motorista a oferecer carona a todo passante que encontra na estrada. Na terceira curva, a moto estava parada com os dois homens de capacete, esperando-os. Mesmo com capacete, é possível enxergar os olhos dos motoqueiros. Por alguns segundos, Gil olha nos olhos deles como quem diz: *não tenho medo*. No caminhão, doze passageiros de carona, com enxadas e sacolas nas mãos. Gil coloca a mão atrás das costas, descendo-as por dentro da calça, como se estivesse com uma arma. O número de pessoas em cima do caminhão, e Gil fingindo usar uma arma, inibiram os assaltantes.

"Escapamos fedendo", fala Caetano.

Um dos caroneiros tinha um rosário pendurado no pescoço. Era um homem idoso, com as mãos grossas de tanto pegar na enxada. A idade ainda não era obstáculo e trabalhava todos os dias no mesmo ritmo. Ele olhou para os irmãos e disse:

"Agradeçam a Deus e Nossa Senhora, vocês tiveram um livramento. Era para vocês serem assaltados. Na semana passada, pegaram um homem que passava de cavalo, roubaram todo o dinheiro da feira. E pior, quase mataram ele de uma surra. Acredito que roubar o fruto do trabalho de um homem é um dos maiores pecados que existe."

Caetano escuta maravilhado; uma nova história para contar dessa viagem. Mas, aos poucos, toda a euforia do sucesso da empreitada transforma-se em inquietação. *Será que sofreremos uma nova retaliação?*, perguntam-se os irmãos.

Segunda parte

Acéfalo

I

Conta-se que uma vez Tales de Mileto foi capaz de prever que o ano seria bom para as safras de azeitonas e comprou grandes quantidades de prensas. Chegando o tempo da colheita, alugou-as por um preço alto, ficando rico. Com isso, provou que um pensador, quando quer, é capaz de ganhar o mundo com os instrumentos do conhecimento. Ivanildo está fazendo a mesma coisa, provando que, com suas observações da realidade, é capaz de ganhar a cidade, se quiser.

O caminhão finalmente retorna. Ivanildo não perde tempo, pega a carroça e começa a fazer o pagamento dos vizinhos. Logo depois de prestar contas, passa no bar de Doda. Queria uma cerveja gelada, mas no sítio não tem energia. Então, aponta para uma garrafa de conhaque e pede que prepare uma piaba de tira-gosto. Uma chuva fora do tempo, se a natureza ama contradizer o dia, Ivanildo sempre buscou algo selvagem. Em sua vida o inusitado gosta de se fazer presente. Agora, não pensa em sumir, feito um andarilho em busca de cidades iluminadas. Pois o desejo de conhecer a mulher de olhos arrebatadores se mistura com a miragem de um pedido de casamento. Uma vela ou incenso, sacralizar o momento. Ele evita preocupações com o amanhã. É muito desinteligente sofrer por antecipação. Assim, nada de perguntas sobre o que fazer da vida ou se a mulher de olhos de mel é casada, embora não tenha visto nenhuma aliança no dedo dela. Uma coisa aprendeu na vida: não se barganha com os pássaros que mordem por dentro. O dono do estabelecimento sabe que Ivanildo sonha em correr mundo. No entanto, o sonhador não é um sujeito fácil de se conhecer. Por dentro, há uma casa de mistérios.

Doda diz que trabalhou um tempo em São Paulo, na construção civil, não gostou do ar seco da cidade.

"O que eu queria mesmo era trabalhar dentro de um escritório. Longe do sol e protegido do frio. Mas eu nunca tive essa sorte", disse Doda.

"Às vezes, prefiro um trabalho braçal com a pele torrada pelo sol do que ficar trabalhando de gabinete em gabinete. Quando penso naquele povo conferindo cada papel, cada carimbo, assinatura e data, sinto até náusea."

"E existe vida sem burocracia? Até para vender bebida alcoólica tenho que possuir um alvará. Eu lembro que vi o chefe brigando com um dos engenheiros, dizia que tinha que conferir todas as datas e horários. Basta um número errado para todo um edifício desmoronar. Sempre guardei isso. Olha como as coisas são danadas. O médico não fez um simples teste nos olhos do meu sobrinho, para saber se ele tinha alergia à substância da injeção. Por causa desse erro, minha irmã perdeu o filho. É isso, basta um detalhe para toda uma vida desmoronar."

"Entendo. Ontem mesmo, com as vendas do algodão, andei tão agitado que sonhei com o número seis dançando com o nove. É sério. E eles pareciam com aquele símbolo dos filmes de kung fu de Bruce Lee, acho que é Yin e Yang o nome. Mas, quer saber, só quero tomar essa cerveja com piaba, fumar um cigarrinho, e dizer que a única coisa bacana é o coito."

Sempre tem alguém com um papo ascético querendo ser o guru das coisas evidentes, dizendo o quanto é mágico realizar todas as tarefas do dia. Que é mágico trabalhar durante o dia, tomar cerveja no final de semana, que o mistério se revela nas coisas práticas da vida e o ócio tem cheiro de enfermidade. Ivanildo acha todo esse discurso uma bobagem. Alguém falou que, de todas as maravilhas do mundo, o homem é a maior. O sonhador é um homem perdido em sua insatisfação, um animal que morre sufocado.

2

Um vento forte derrubou o ninho de uma árvore, Sandro lamenta por mais uma vida que se esvai antes de nascer. Pensa no barulho do sino da capela. Para ele, cada movimento da natureza é parte de uma orquestra divina, onde vida e morte passam pelas narinas do criador.

Antes da missa do domingo, Ana foi ao médico, o que bastou para toda a cidade ficar sabendo de sua gravidez. Judite, como sempre, foi a primeira a trazer a notícia. Há um certo conforto, porque agora ela fica por cima da carne-seca.

"Ana carrega um filho na barriga, falava tanto de mim, me julgava tanto. É o que digo, cada tanajura que tome conta de sua bunda. E quem é o pai, ainda não sei", diz Judite.

Nonato não busca no escuro os clarões que resolvam a situação. Olha ao redor da casa como se a substância salina da família fosse invadida pela lama. Não pensou no assunto, nem colocou a gravidez de Ana como outro problema na conta da família. Com dureza, mandou juntar as roupas, cacarecos e tudo que tiver e sumir da sua vista. Virou as costas, saiu de casa, esperando a filha partir. E ainda falou:

"Quem sabe no Bar das Calcinhas tenha espaço para uma mulher como você. E agora, o que eu faço com o nome da família? Judite se casou sem ser moça e Ana com essa barriga que cresce de forma desagradável. Todo mundo fala: 'As filhas de seu Nonato dão mais que chuchu na cerca'. É questão de tempo, nossa propriedade será chamada de casa do furdunço."

Ana não sabe em que direção os seus olhos ganham um horizonte. O desespero toma conta dela. Joga as próprias roupas em cima de um lençol e faz a sua trouxa. Ainda sem noção de como conduzir a própria vida e cuidar da criança. Lembrou de uma tia que foi expulsa da casa do avô materno, sumiu e nunca mais foi vista. Ninguém tocava no nome dela. Neste momento, a tia se faz presente pela repetição dos fatos.

Os irmãos perguntam como foi que aconteceu aquilo. Ela nunca colocava os pés fora de casa. Depois de Pedro, a única ocasião em que Ana saiu com alguém foi com Luciano, vaqueiro de Joca. Para a família, isso não era boa referência. Trabalhar com o usineiro significa fazer comunhão com os seus atos indigestos. Quando surge um problema com algum dos três usineiros, Joca fala que tem o homem certo para o serviço. Mesmo assim, Ana e Luciano ganharam a permissão de Nonato para conversarem à noite. Ana não gostou dele, a sua maneira de falar apressada e a mania de valentia. Ele tentou passar a mão nas pernas dela e depois falou: "Você ainda é toda durinha para a sua idade". Ela tem apenas trinta anos. Ana apontou o caminho da estrada e o mandou sumir da vida dela. Mostrou as mãos como quem fecha um horizonte. Juntou o dedo indicador com o polegar e disse: "Olha se vê alguma coisa aqui, não há nenhuma chance de existir algo entre nós". Lembrou-se de Pedro, do seu jeito carinhoso, que parecia um convite à pacificação da alma. "Judite já é mãe e estão casados há um bom tempo e não imagino Pedro falando esse tipo de coisa: *Você é durinha para a sua idade*. Já pensou ele dizendo: *você é apertadinha para uma mulher casada*. Nenhuma mulher merece um abestado como esse Luciano", pensou Ana.

A paz é como uma roupa macia, desliza suave na alma. Judite oferece ajuda. Seu desejo é ganhar novamente a amizade da irmã.

"Ana, deixa eu te dizer uma coisa."

"Não, não diga nada não."

"Ana, não vou deixar você na rua. Fique em casa, enquanto pensamos em uma alternativa. É bom que você ajuda na arrumação."

"Mulherzinha, eu não estou pedindo nada. De você quero distância. E se for para meu filho nascer dependendo da sua caridade, prefiro o Bar das Calcinhas. Eu já sou rapariga de homem casado."

"Então o pai é homem casado. Depois falava de mim, que roubei o seu namorado. Você nunca valeu nada. Sua cara de santa puta nunca me enganou."

Rodrigo chega numa bicicleta com a menina pequena. Lurdes vem a pé com Caetano. O casal nunca anda junto. Em pouco tempo, a casa de Nonato estava repovoada com toda a família, com exceção de Ivanildo. Os quatro irmãos conversam sobre a gravidez de Ana, que prefere fumar um cigarro longe deles. Ela vive o seu momento adventício.

"Ana não vai com Judite, todo mundo sabe que, no mesmo teto, elas iam se matar. Judite nem lembra muito bem o que fez. Eu não esqueço que você vivia com a pele descascando de tão queimada pelo sol do meio-dia. Acho que o melhor é morar com Gil ou com Rodrigo", disse Sandro.

"Agora vi coisa, só o que faltava, esse abestado jogar a culpa da desgraça de Ana pra cima de mim."

"Abestado é o teu marido, que não conhece a cobra com quem dorme."

Rodrigo se mete na discussão dos dois, como sempre, do lado oposto de qualquer um dos gêmeos.

"As pestes dos gêmeos só servem para fazer raiva. Sandro, é melhor ficar caladinho. Foi você e o Ivanildo que colocaram a raposa no galinheiro. O pai só pode ser aquele maluco, o tal do Walter", diz Rodrigo.

"Se é o Walter eu não sei, mas sei que ele sumiu. Voltou para o sudeste. E digo logo, na minha casa não fica, não tem espaço. Tenho Camila e duas crianças", avisou Gil.

Camila estava quieta, não queria se meter na discussão. Ocorre que ela e Judite são tão apegadas que parecem irmãs. Então ficou incomodada com o ataque de Sandro e falou:

"Vamos fazer o seguinte, podemos arrumar algum velho viúvo que ofereça abrigo para Ana e pronto. Melhor que isso não vejo."

"Concordo. Tem muito viúvo tarado que não deixa escapar nenhuma oportunidade", disse Gil.

Sandro deseja socar a cara dos irmãos e tem um sentimento de impotência por não conseguir ajudar a irmã. Lurdes, após se inteirar do que aconteceu, diz:

"Ela pode ficar morando comigo. Será uma coisa boa a companhia de Ana. Ela é a minha cunhada, não é nenhum objeto enferrujado que se joga fora com medo do tétano. Só quero lembrar isso."

"Na minha casa uma pinoia. Não trabalho como um condenado pra sustentar rapariga. E não quero mau exemplo. Basta o que estão falando das mulheres de nossa família. Não quero essa fama para a minha menina, quando ela crescer. Marta vai se casar toda apertadinha e pronto."

"Casei-me com um animal. Tenho vontade de vomitar. Em casa, eu mando. Achou ruim, peça o desquite. Repito, em casa mando eu. Você manda na rocha, no quintal, nos porcos, galinhas, bodes. Você escolheu isso quando preferiu morar com os bichos. Não é à toa que te chamam de cachorro louco."

"Chamam pelas costas, duvido chamar pela frente."

Rodrigo fica vermelho feito um pimentão, parece que vai ter um derrame. O filho percebe e fica na frente da mãe.

"Mulher, eu nunca te bati, mas vai ser hoje que eu vou bater. Agora você vai aprender a respeitar o teu marido."

"Venha, pode bater, venha. Ana vai morar comigo e pronto. Meu marido? Você só chega perto de uma mulher quando passa perto do Bar das Calcinhas. Acho que qualquer dia vai dormir com as cabras. Você é um bicho."

"Rodrigo, pense nisso como algo temporário, ela é tua irmã e você praticamente abandonou o seu lar, nem entra na casa", fala Judite.

"Abandonei? Quem cuida de tudo? Bota comida na mesa? Se ela falar mais uma vez comigo assim, é hoje que eu me desgraço. Essa mulher é um cão, qualquer dia me mata de raiva. Se eu morrer do coração a culpa é dela."

Gil sobe com Ana na carroça do pai, coloca a trouxa de roupa e a leva para morar com Lurdes. Ela diz para não se preocupar com o marido, pois sabe com quem se casou. Tudo aquilo é dito da boca para fora. Naquela noite, Rodrigo, como sempre, dormiu perto dos bichos. Ele costuma dizer que gosta de pedras, barro e qualquer coisa inanimada. Porque não mordem nem enchem o saco. Ele não gosta de pessoas.

3

O fato é que Rodrigo, o bruto, nem sempre foi assim. Quando criança, era também um sonhador. Os sonhos eram o de que ele mais gostava. Morava numa casa com brinquedos. Até carregava no sorriso a esperança de ter uma festa de aniversário, quando a mãe era viva. Nonato nem lembra do dia em que o filho nasceu. Até os doze anos de idade, andava descalço, nem sabia o que era um par de sapatos nos pés. Então começou a trabalhar na pequena venda de um tio. Fazia tudo com empenho, esperava a noite chegar para descansar e sonhar em ser dono de um armazém. Até planejava fornecer mercadorias a todos os comerciantes da cidade. Não estudava e dizia que era por falta de tempo. No entanto, o motivo era outro. Um dia, ele pediu dinheiro ao pai para comprar o material escolar. Nonato falou que estava sem nenhum cruzeiro, na verdade não queria ficar o final de semana sem o dinheiro para tomar as suas cachaças. O menino chorava e repetia: "Pai não presta, troca meus estudos por uma garrafa de cachaça".

Apesar de tudo, ele sabia a tabuada e fazia as contas dos fregueses. Depois de juntar o dinheirinho que recebia, comprou o seu primeiro par de sandálias, era feito com borracha de pneu de caminhão. Ele ficou tão feliz que quando caminhava não parava de olhar para os pés. No outro dia, o primo, com ciúme, roubou dinheiro da venda e injustamente Rodrigo foi acusado. Tudo pungente, não foi apenas um emprego perdido, mas um mundo que diminuiu. Enquanto isso, os vizinhos diziam: esse menino quer ser alguém na vida.

Rodrigo voltou aos estudos. O grupo escolar ficava distante. Ele montava todos os dias num jumento e começava a sua jornada até a escola. Depois de alguns meses, Nonato vendeu o jumento. Não tinha como o menino caminhar até o grupo, principalmente em dias de chuva. Abandonou os estudos ainda na segunda série do primeiro grau. Os gêmeos começaram os estudos com cinco anos de idade. A mãe convenceu o pai a comprar uma carroça. Rodrigo, com catorze anos, já tinha desistido de estudar, e ficou responsável pelo transporte dos dois irmãos. Ele cresceu tendo uma relação forte com o trabalho, aprendeu que só pode confiar no seu próprio suor. Quando ainda tinha abertura com Caetano, gostava de falar que a maior riqueza de um homem é o trabalho e a saúde. O filho sempre perguntava por que ele bebia tanto se a saúde era tão cara. Uma ocasião, respondeu: "Porque eu nunca aprendi a perdoar".

4

Ivanildo acorda com a cabeça doendo, outra noite de álcool. Ao tomar conhecimento do que se passara, não fica curioso em saber quem é o pai do filho de Ana. Ele se preocupa com a irmã e a segurança da própria família. Pela primeira vez, sente o cheiro da noite áspera que se aproxima e tem medo.

"O Gil sempre foi tão legal, mas hoje até ele foi fraco com a irmã. O nosso pai a tratou como se fosse um lixo. A sorte é que a nossa cunhada ajudou. Lurdes é uma alma boa", diz Sandro.

"Coitada, merecia coisa melhor. Aguentar o Rodrigo é uma grande provação", responde Ivanildo.

"Quero ir embora. Não quero vegetar nessa casa de doidos. Cansei de cuidar dos bichos e da casa. Até quando vou ter que provar para os outros que não sou o que dizem de mim? Penso o seguinte, se não somos felizes aqui, devemos seguir outro caminho. Podemos trabalhar vendendo chinelos ou jeans. Conhecer todo esse sertão, negociando com bugigangas. Irmão, vamos embora para um lugar legal — qualquer capital —, quem sabe até assistir um show de alguma banda internacional", diz Sandro.

"Calma, não tome nenhuma decisão sem antes ter um plano."

"Não quero saber de nenhum plano, quero respirar. Hoje, parecia que meus ossos doíam quando respirava. A minha vontade era sumir no mundo, e para matar eles de raiva, deixaria um bilhete dizendo que peguei uma carona num disco voador."

Ivanildo começa a rir e depois fala:

"Certo, combinado. Iremos embora juntos. Mas não agora. Só não esquece uma coisa: os cretinos crescem em toda parte do globo. Estou com uma coisa no meu peito. Não parei de pensar no que aconteceu com Ana. Ela fez o exame ontem, e de repente a notícia se espalhou com toda essa velocidade. O médico que atendeu no posto era de fora. Sabe por que se espalhou? Por causa da nossa venda de algodão. Eles primeiro começaram atacando o nome da família. Amanhã não sabemos o que pode acontecer. Sem contar que uma sobrinha de Roberto é a responsável pelo posto de saúde."

"Estou com medo, eles são tantos que nem sabemos quem vai apertar o gatilho, e o pior, nem sabemos como é o rosto do mal. É Roberto, Joca, Martins ou um dos filhos?"

"É o rosto de todos que colaboram com a impunidade."

Sandro concordou com tudo que o irmão falou e caiu no choro. Ivanildo se sente desarmado, não pela falta de uma arma na cintura, e sim pela falta de um plano ou algum clarão na mente que aponte caminhos para escapar dos opressores. Um caminho que não seja a fuga. Um caminho que não precise se curvar aos Palmares.

5

Ivanildo acordou assustado. Ele respeita sonhos, acredita que cada sonho é um presságio. No entanto, na lógica das imagens, não crê na impossibilidade de lutar contra o destino. Não aceita a vida dada nas linhas de suas mãos. Deseja escrever suas linhas de fuga com tudo o que brota do coração. É preciso fazer germinar o começo da salvação. No seu sonho, o nome Ivan escrito com letras de fogo na porta de sua casa. Procurou não se preocupar com isso, foi cuidar da plantação. Ivanildo não sabe se vai investir no arroz ou no feijão. Precisa entrar em acordo com a família. No íntimo, sabe que não deseja ter mais raízes em Jenipapo, apenas apertar os passos e sumir. Uma vida nova em outro lugar, quem sabe com a mulher de olhos arrebatadores.

Ele larga o trabalho e vai visitar a irmã, na casa de Rodrigo. Como Ana engravidou? É o que todos querem saber. Ela não saía de casa, vivia para cuidar do pai, que a escorraçou como se fosse um refugo. Para frustração dos curiosos, Ana não conta nada a Ivanildo. Rodrigo, de fora da casa, os observa. O bruto jamais gostou de visita, nem da própria família. Se o pai dele andou umas três vezes em sua casa, foi muito.

Walter era atraído pela solidão de Ana. Até achava engraçado quando ela resmungava baixinho: "Não sou a empregadinha, o jumentinho de carga de pai". Os dois trocavam olhares e ninguém percebia nada. Eles nunca conversaram. Um dia, o pesquisador escreveu uma pequena carta e entregou-a. Estava escrito:

Ana, você comigo não seria a minha empregadinha, deixa eu te fazer minha mulher. Abre a porta, me deixa entrar. Se dependesse de mim, até os teus sapatos ajudaria a calçar, beijaria teus pés e colocaria as meias. Se você quisesse eu pintaria até as tuas unhas (nunca fiz isso, mas acho que não é difícil). Sabe que queria até ser um bom cozinheiro, para te preparar pratos deliciosos? Se isso não é amor, não sei mais o que é. É só querer que vou feito um cãozinho abanando o rabo.

Com vontade de você, Walter.

Ana respondeu, marcando um encontro nas plantações, ao meio-dia. Da mesma forma que aconteciam os encontros de Pedro e Judite. Ela começava a se despir e ele dizia: "Ó glória matutina!". Ela o esperava todos os dias, Walter fazia coisas que estavam além da sua imaginação. Com a língua percorria todo o corpo de Ana, sem nenhum pudor. Não tem como fugir do sol, o astro-rei queima tudo e deixa as suas marcas. Hoje, Ana abraça cada curva da sua sexualidade.

6

Sandro ganhou um perfume. Desde que veio ao mundo ele sempre é sorteado. Quando nasceu, sua mãe comprou uma rifa no seu nome e o número foi o premiado. Nonato gostava de pedir para ele fazer um jogo na loteria. No ano passado, fez uma quina, ganhou um bom dinheiro. Ficou tão feliz com o perfume que a sua vontade foi sair contando para todo mundo. Semelhante ao dia em que viu um passarinho na sua frente e disse: "Ei, passarinho, vem cá, quero contar uma novidade". Ele correu para as plantações em busca de Ivanildo, acompanhado pela cachorra. Encontrou apenas o silêncio de uma tarde que se inicia com um amarelo-árido. Um urubu num galho de uma imburana. Parece que essa ave adivinha a morte. Um silêncio rompido com um tiro seco de revólver. Depois outro tiro, que perfura um dos seus pulmões. Sandro fica caído. Ninguém para acudir.

Passa o tempo, ele continua caído na terra quente. Seu corpo queimando ao sol e os urubus presentes, na árvore, como em vigília, à espera do desfecho. Cajuína latia para espantá-los. Em desespero e fúria, tenta subir na imburana. Quer expulsar de vez os urubus. Ao lado, os capulhos alvos do algodão tingidos de vermelho. A cadela latia e latia. Sandro, com duas balas nas costas, a pele fritando, como se estivesse numa frigideira. Ele fala baixinho: "Cajuína, late, late, quem sabe um dos meus irmãos escuta". Naquela agonia, pensa: *Late, quem sabe um daqueles, lá do alto, um dos nossos amigos das estrelas escuta.*

Ivanildo é tomado por angústia, uma sensação de que dentro do peito só há estilhaços. Em sua inquietação, sente vontade de chorar e de gritar. Sente algo queimando dentro da alma. Não entende o que se passa. O motivo de tanta tristeza e agitação. Volta correndo com pressa para as lavouras de algodão.

Cajuína não sai de perto de Sandro, nem para de latir. Ele chora de dor, queria que fosse noite, olhar para as estrelas pela última vez. Queria se despedir do irmão e dizer: *ainda nos veremos em outras galáxias*. Não quer morrer tendo apenas o chão como vista. Precisa olhar para o alto. Ivanildo toma um susto, seu irmão agonizando como um animal e sem nenhum anjo de misericórdia. Já haviam se passado mais de duas horas. Ele o coloca nos ombros e caminha apressado, gritando por ajuda. Sandro fala baixinho, como se fosse o último suspiro: "Grita: quem sabe um dos nossos irmãos das estrelas".

Um caminhão que, aos sábados, levava os moradores do sítio Unha de Onça para fazer feira na cidade passa e recolhe Sandro. Toda a família fica sabendo e se encaminha para o posto de saúde da cidade. Sandro já estava morto. Lurdes e Camila ficam juntas, para cuidar do velório. Quando retornam à casa do pai, encontram, na porta, um envelope com o nome Ivan escrito, juntamente com as duas cápsulas dos tiros. Taurus, calibre 38. Era Ivanildo que o matador queria.

7

É bonito quando alguém consegue ser capaz de olhar para as misérias do coração. Pena que o presbítero atende a tantas confissões e esquece do sacramento da misericórdia. Isso tudo é acéfalo, o que o padre na missa de corpo presente queria dizer. No entanto, jamais teria a coragem da palavra. Por que perder mais um benfeitor da igreja por causa da morte de um matuto? Era o que se passava na cabeça dele.

Gil vê uma lagartixa na parede e bate vontade de apontar a sua arma para qualquer direção. Na verdade, almeja romper com o sonoro silêncio da impunidade. Os homens dos compradores de algodão estão na igreja, o que aumenta a sensação de vigilância por parte da família do morto. Era como se todas as bocas caladas dissessem: os Trindade não são de nada. Cajuína, encostada no caixão, faz do silêncio algo quebradiço. Quando Luciano se aproxima, a cadela late e tenta morder o vaqueiro. O latido abre espaço para que o ausente se faça sonoro. No momento em que o coral canta: "Se calarem as vozes dos profetas, as pedras falarão", o silêncio ganha roupagem de protesto.

Foi crueldade demais matar o Sandro, logo ele, uma pessoa sem perversidade no coração. Era o que os vizinhos e amigos comentavam. Mas nem todos partilhavam da mesma opinião. O delegado Siqueira acredita que foi tudo normal. Isso porque o anormal é quando um pobre se mete com rico. Os vaqueiros da família Palmares consideravam que a morte do gêmeo e a de qualquer bicho não faziam nenhuma diferença. Afinal, para eles, Sandro era apenas o doidinho do sítio.

Chuvisca no rosto dos irmãos uma chuva temporã, deixando o cheiro de terra molhada com gosto de acolhimento. Na cova de Sandro, apenas uma cruz com o seu nome e uma flor de jitirana, colocada por Judite. As mulheres pensam em Deus e fazem uma prece, na verdade, um pedido. Em suas orações pedem que naquelas terras de coronéis poreje uma semente de justiça.

8

Ivanildo foi a Jenipapo comprar mantimentos. Selou o cavalo e chegou até o comércio de secos e molhados da irmã. O querosene estava em falta. Entrou em outro estabelecimento, o dono apenas o cumprimentou, não manifestou seus sentimentos. Não perguntou pela dor da família ou se a polícia tomaria alguma providência. Também não perguntou se os Trindade deixariam por isso mesmo. Ivanildo percebeu que o troco foi passado errado. "Não se preocupe, fica como desconto", falou o dono do comércio.

Caminha pelas ruas poeirentas que fedem a bosta de cavalo e onde ninguém puxa assunto. Neste momento, ele é um afastado. Não por vontade, mas pela indiferença dos habitantes de Jenipapo. Os olhos ardem quando vê a igreja. Sente desejo de jogar uma pedra e perguntar pelo silêncio de Cristo. A porta estava fechada. Então, Ivanildo pensa: *até Deus fechou a sua casa para mim.* Na frente da igreja, uma pracinha. Há quinze anos, foram fazer uma nova construção e encontraram ossos. Desistiram de cavar os alicerces. Na verdade, desistiram da própria memória. De acordo com alguns relatos, o local, antes de transformado em pracinha, era o cemitério onde se enterravam índios e vítimas de pestilências. A região foi primeiramente dos índios, depois dos coronéis e da igreja. Ali também foram enterrados os suicidas, considerados a escória da cidade. Era o cemitério dos malditos, de homens e mulheres que viviam à margem. O sepultamento, que deveria ser um rito de passagem, também era uma forma de condenação pública. Em Jenipapo, nem os mortos dormem placidamente. Alguns expiam velhos pecados.

Na cidade, chegou um parquinho. Ivanildo observa que estão montando um carrossel. Por um breve momento, é invadido de paz. Ele e a mulher de olhos cor de mel caminhando de mãos dadas, ela o carregando pelo coração. Fica pensando que não precisa correr mundo porque pode ser feliz com ela e deixar que o amor seja a sua grande jornada sobre a Terra. Depois fala sozinho: "Eu realmente estou com o coração muito mole". Há um lado desconhecido que o convida para tocar as feridas e aprofundar; outro o leva para o raso. O diálogo da alma com a alma é abismal. Tudo é também muito caudaloso. Para ele, há dois tipos de homens: os que aceitam os seus abismos e os que fogem deles. O sonhador sempre olhou para cada um como quem diz: *os meus abismos, quero sê-los*.

Suas especulações dão uma pausa quando se encontra com Marcos, antigo colega do grupo escolar. Os dois se cumprimentam. O amigo pergunta por algumas garotas daquela época e rapidamente relembram algumas peripécias. Além das lembranças, mostra-se curioso sobre a experiência de vender algodão em outra cidade. Eles se despedem, Ivanildo aproveita para entrar na casa de um cabeleireiro. A sala funciona como salão. As pessoas costumam chamar o lugar de Ninho do Pombo: o corte é tão malfeito que todos saem dizendo que ele fez cagada. A fila era pequena, apenas três pessoas à frente. Eles conversam sobre o único entretenimento da cidade, a vida alheia. Um deles começou a contar o número de comerciantes que estavam falidos. O outro falava de uma mulher casada, cujo marido finge não saber que é traído; até sobre brigas de galos comentaram. Conversam sobre vários assuntos e nenhum dos homens perguntou a opinião de Ivanildo. Quando chega a vez do sonhador, o cabeleireiro não fala nenhuma palavra. Ivanildo decide puxar assunto.

"Você deve achar estranho eu vir cortar meu cabelo aqui. Era o meu irmão, o Sandro, que cortava nossos cabelos. Foi enterrado na semana passada, e já não temos quem corte o cabelo da família."

"Me diga uma coisa, lá em vocês tá chovendo? Ontem deu uma chuvinha fina na cidade. Estranho, nessa época nunca chove. Sem contar que quase não tivemos inverno, foi uma estiagem só."

Ivanildo não respondeu. Esperou terminar o corte, pagou e se retirou. Antes de sair percebe que Luciano, o vaqueiro de Martins que Ana mandou pastar, não tira os olhos dele. O mesmo que Cajuína tentou morder. O vaqueiro faz um cumprimento com a cabeça, o sonhador o ignora e segue o seu caminho de volta, com toda a cidade o renegando. Com toda a cidade desejando a sua ausência. Para Ivanildo pouco importa, a vida em Jenipapo é uma merda mesmo.

9

Fósseis jurídicos da comarca, a justiça perde os cabelos.
A polícia não vai tomar nenhuma iniciativa. Por isso, os Trindade não foram para a delegacia. Toda a família reunida na casa do patriarca. Gil diz que não pode ficar assim, tem que vingar o irmão. Judite conhece a palavra "dizimação" e contesta. Seria o começo do fim. Não sobraria um para contar história. Nem o padre, que acha aquilo tudo acéfalo, pronunciaria o nome deles. E o que os dilacera é saber que o crime ficou por nada.

Os vizinhos desistiram de continuar com a família Trindade na venda do algodão. Um quarto fechado que não entra ar, a amizade dos parentes se tornara. Os Trindade estão abandonados numa estepe, em que tudo é estéril. Ivanildo retorna à condição de pária. O sonhador olha para a estrada com devoção à palavra "liberdade". Há uma vontade de sumir. Em Jenipapo, o hoje é grávido do esquecimento. Por outro lado, ele quer ir contra a corrente e lembrar da morte do irmão.

Cajuína, deitada no lugar de Sandro à mesa, é uma radiografia do luto. São confortantes as palavras da liturgia: para nós, que cremos, a vida nunca é tirada, mas em Deus transformada. "A morte do meu irmão vai ficar por isso mesmo", é o que Ana repete, olhando para o cantinho em que ele se sentava à noite, para fazer avistamento. Agora, será difícil para a família levantar a cabeça para o alto, sabendo que Sandro já não se encontra para diminuir a distância das estrelas.

Nonato teme pelo restante da família. Acredita que o melhor é fechar a boca e só abrir quando o mato crescer. Ele deseja o estágio vegetativo do silêncio e diz:

"Não há nada o que fazer. Não sabemos quem fez isso, nunca saberemos. Quem matou o meu filho? Foi um dos homens de Martins? Joca? Roberto? Ou nenhum deles? Pode ter sido qualquer puxa-saco querendo fazer média com os Palmares. O que podemos fazer? Matar cada um deles? Não temos nada para fazer. O que resta é o que sempre achei vergonhoso: mudar para outra cidade. Começar vida nova."

"Não vou me mudar, nem a família. Pior que a morte de Sandro é sair fugido. Isso é humilhação demais", disse Gil.

"Deixe de besteira, numa cova a terra não pergunta pela desonra ou moral. Somos como todo animal que nasce e morre. A única coisa que estamos fazendo é guardar a própria terra para os próximos, que guardarão para outros. Meu filho, somos fugitivos. O que sempre fizemos foi fugir da fome", respondeu Nonato.

Até os bichos defendem a sua cria. Rodrigo não quer saber da lama de nenhum nome, nem fica babando de raiva, apenas se preocupa com os filhos. Deseja tirar da parede o retrato do irmão e seguir como se nada tivesse acontecido. Como se a família tivesse uma vida promissora à frente. Mas não tem como voltar atrás. As estações nunca são repetidas e até as raízes do coqueiro já invadiram as paredes. Tudo mudou, uma tempestade soluça e eles ainda não sabem como se abrigar.

As balas tinham Ivanildo como destinatário. Se eles são muitos e o rosto é o da impunidade, o que garante a integridade física da família? Muitas perguntas bailam na cabeça dos Trindade. Judite age com parcimônia, no entanto, a sua vontade é mostrar para todos que não podem tratar os irmãos dela como quem chuta cachorro morto.

Gil deseja vingança. Na verdade, tem o ego ferido. Ele esquece do número de famílias que choraram por causa do seu gatilho. Esquece do número de mortes de que saiu impune. Por muito tempo, a própria família tinha vergonha dele. Apenas alguns primos achavam legal dizer que um dos parentes era perigoso. Contudo, passou pouco tempo no ramo da morte. Os empregadores diziam que Gil era muito barulhento. Depois disso, casou-se com Camila, uma das mulheres mais bonitas da região. A mãe dela reclamava, afirmando que a filha tinha dedo podre para homens. Sempre se metia com os mais desmantelados. Quando conheceu Gil, ficou atraída por seu passado e sua coragem para entrar num rabo de foguete. A primeira vez que os dois foram vistos juntos, a mãe comentou: "Ela não tem nada na cabeça, gosta mesmo é da bagaceira".

"Meu pai, de cada uma das três famílias temos que tirar uma cabeça. Todos estão envolvidos com a morte de Sandro", diz Gil.

"Vai, bestão, vai tomar um tiro, vai deixar Camila viúva. Uma mulher bonita daquela se junta com outro homem num estalar de dedos", diz Judite.

As nuvens negras sempre assombram a cabeça de qualquer homem, o problema é quando fazem morada e se tornam parte do seu enraizamento no mundo. Com a sensação de que uma desgraça chega na família e, sem ter como evitá-la, Ivanildo diz que o melhor é se armar para o que pode acontecer. Mas sabe que a tempestade que se aproxima tem somente os sete palmos de terra como parente. Todas as escolhas cobram um preço. Cabe bancar ou não. O sonhador terá que pagar o preço de ser um homem que perdeu tudo. A vontade de fazer memória do irmão é de onde Ivanildo tira os seus fiapos de força.

10

Um tiro seco atravessa o canto do galo, escuta-se do lado de fora da casa. Nonato levanta-se imediatamente da mesa e aponta para o chão. Ivanildo, com uma arma na mão, ao lado da porta. Se alguém invadir, ele atira. O pai pede para o filho não abrir a porta. Nos olhos dos dois a revolta os devora.

"Ivanildo, não saia. Não sabemos quem e o que pode encontrar lá fora."

"Aqui ninguém entra, se entrar levo pelo menos um deles para o inferno. Eu prometo."

Ambos não falam nada. Tudo tenso e insidioso. Depois de quase uma hora, dentro da casa, resolvem sair. Cajuína estava morta, uma execução. Um tiro na cabeça. Ela, que defendeu Sandro dos urubus, foi morta por outras aves de rapina que usam armas e têm vários rostos. Nonato sabe que a morte da cachorra e a de qualquer um dos filhos têm para esses matadores o mesmo valor. Em todas as discussões da família sobre os últimos acontecimentos, à maneira deles, sempre foi elaborada uma pergunta: qual é o rosto da impunidade? O rosto da maldade é tão visível quanto os olhos arrebatadores da desconhecida. O que acontece é que quando as pessoas têm medo de enxergar as coisas como são, o óbvio tem que ser desenhado.

"Agora é isso, até a cadela foi morta, vamos embora, não acabou", disse o pai.

"A morte de Cajuína foi um aviso. Na verdade, uma ordem para se retirar destas terras. Mas quero lembrar que não devemos nenhuma obediência a esses homens."

"O que fazer? Vamos embora. Não há outra opção. Eles têm o poder. Essa coisa de Davi brigando com Golias é só na Bíblia. Já enterrei um filho e é ruim demais. Não quero enterrar outros."

Uma coisa a família não sabe. Ivanildo já estava de sentinela. Naquela manhã em que todos insistiam em ignorar a morte do irmão, ele não seguiu direto para o sítio. Foi à delegacia. Fez questão de lembrar tudo ao delegado. Falou da sua discussão por causa do algodão. Do que fez para vender a safra. Dos vizinhos e de quem não gostou nada disso. Enquanto falava, o delegado Siqueira apenas fazia anotações; não olhava para Ivanildo. Quando os nomes dos três usineiros foram mencionados, parou de anotar. Os Palmares têm a cooperativa e a prefeitura nas mãos.

O sonhador enrolou a cachorra num velho lençol e a pôs na carroça. Falou que iria enterrá-la no mato, mas fez o contrário: entrou na cidade. Quando os curiosos perguntavam o que acontecera, ele dizia: "Mataram a cachorra com um tiro seco, essa cachorra era do meu irmão, o Sandro. Alguém se lembra de Sandro? Era o meu irmão. Ele foi morto logo depois que começamos a vender algodão fora da cidade". De novo, seguiu para a delegacia e, dessa vez, mostrou o corpo da cachorra ao delegado: "Se entrar novamente aqui dentro com um animal morto e fedorento, você vai preso. Seu Ivan, sabe qual é o teu problema? Falta de peia. Suma daqui, senão faço você latir de dor", disse Siqueira. Nos olhos do delegado, lia-se uma frase: "Vocês todos são uns animais". Ivanildo guarda as palavras e as entrelinhas dos olhos de Siqueira como quem toma uma aguardente que entra queimando tudo. *Agora só o que me faltava, sou guardador de desaforo*, ele pensa. Vai para o campo, trabalha com a terra até o anoitecer. Volta para casa, não troca uma palavra com o pai. À meia-noite, pega a carroça, segue novamente para a cidade. Noite de lua cheia, a estrada bem iluminada. Ele olha para o alto e se pergunta: *como numa noite com uma lua tão lindona, homens perdem tempo com a maldade?* A cidade calma, os amantes em suas alcovas escondidas e os boêmios em bares rurais regidos por Vênus.

A parte da cidade que dormia acorda. Primeiro, o padre com gritos: "Herege! Herege! Vai queimar no inferno. Você é o secretário do demônio". O padre não entende o que estava acontecendo. Na semana anterior, encomendou o corpo de Sandro e lamentou a desgraça da família. Agora, se sente ofendido por um dos irmãos. Alguns vizinhos saem de suas casas, contemplam o rosto de Ivanildo como se estivessem diante de um louco. *De que manicômio ele fugiu?*, alguns pensam. O som da picareta com que Ivanildo cavava a terra somou-se aos gritos do padre e acordou todos. "Chamem o delegado", algumas pessoas gritavam. A pracinha tinha pouca iluminação e a sua aparente calmaria foi rompida pelos golpes da picareta. Ivanildo tirou a camisa e continuou a golpear o chão. Cavou fundo. Abriu um grande buraco, as covas antigas da cidade foram reveladas. O chão aberto cheio de ossos acolhe a cachorra. Antes de enterrar, ele olha para Cajuína e fala baixinho: "Aqui foi um lugar onde os homens que eram tratados como dejetos e animais foram enterrados. Aqui te cabe e caberia também meu irmão. Eu apenas te enterro, não te condeno".

Ivanildo enterra Cajuína na praça e deixa à mostra um osso que encontrou. Um dos homens presentes agarra o sonhador pelos ombros e suas mãos deslizam pelo corpo suado do rapaz, que corre até a carroça e, com a cabeça sangrando de uma pedrada, segue para o sítio. Agora não tem volta. Não é apenas o homem que não aceitou o poder local, é alguém que foi apedrejado pela cidade. *Será que algum deles lançaria uma pedra no homem que matou meu irmão*, ele se pergunta.

Terceira parte

O lado selvagem
quer nascer

I

Respirando feito uma mãe em trabalho de parto, Ivanildo pega um balde e o joga no poço. Recolhe-o e, com a água salobra, lava seu corpo, como num rito de iniciação para algo grande. O sereno da noite é sua única testemunha. Tanta coisa selvagem no peito, e tudo agora será por um fio. Troca de roupa: uma camisa de algodão, uma calça social preta e um par de sapatos. Numa sacola pôs uma calça e uma camisa surrada, um velho chapéu de palha e suas sandálias. O pai acordou com o barulho da respiração de Ivanildo. Viu-o colocando um revólver na cintura. Pede para o filho não se perder. As lágrimas ganham um córrego nas rugas do seu rosto. Sabe que agora o filho não é apenas um foragido da fome, mas um condenado a viver feito animal arisco.

Ainda não amanheceu, até com a aurora os moradores são intolerantes. O delegado e uma multidão de fiéis chegam à porta do velho Nonato. Qual uma romaria em que os pagadores de promessas pedem a morte de um homem. Todos querem o linchamento de Ivanildo. O buraco que ele abriu na pracinha e o ato do enterro da cadela são considerados os dois maiores sacrilégios cometidos na história do município. Em romaria, buscam duas coisas: a salvação da alma e do bolso. Aqui, suplicam pelo aniquilamento de uma vida. Mas eles sabem que no horror não existe salvação.

Siqueira e outros entram na casa. Nonato diz que o filho partiu. Um quadro da Sagrada Família é jogado no chão e alguém grita: "Se mexer na imagem do padre Cícero, é o senhor delegado que será linchado". Ele começa a enfiar as mãos no peito de Nonato, como se não houvesse um ser humano e o corpo dele fosse qualquer utensílio em que não se precisasse escrever: "cuidado, frágil".

"Quando eu botar as mãos no baitola do teu filho, uma coisa digo, o couro vai comer. Ele vai aprender a respeitar a cidade e o povo deste lugar. Vai dizer alguma coisa, velho? E reze para ele ser encontrado por mim, porque, se for pelos outros, não vai sobrar nenhuma costela."

Nonato não responde. Deseja meter uma bala na cara do delegado, mostrar que com ele ninguém levanta a voz. Mumificado pelo medo e pelo poder das autoridades, não pode fazer coisa alguma, a não ser dizer: *eu não sou de nada*. Onde ficou aquele Nonato que colocou uma escopeta num saco de estopa e ameaçou a família de Pedro? O medo quebra a sua medula espinhal. Nunca foi homem de aceitar suas misérias. Ele olha para todos e pensa: *Isso tudo é para matar meu filho? Bando de covardes. Ivanildo está longe.* Engano do pai, ele não tem como destino nenhuma cidade distante. Gil nem imagina que não é um solitário em seus esforços.

2

O lado selvagem de Ivanildo quer nascer, como se fosse a sua verdade mais profunda. Respeitando os limites do cavalo, chega em Pau D'Arco, cidade da mulher que carrega nos olhos um sorriso. O sol parece brilhar com alegria. Sente os pés no chão e o ar que entra pelas narinas. Mas anda como se estivesse caminhando para trás. Caminhando até a brabeira de seus antepassados. Às vezes, pensa que a sua bisavó, curandeira que tinha domínio sobre plantas, transes e adivinhações, foi o que houve de mais sofisticado nos Trindade. Foi ela quem escolheu o nome do sítio Unha de Onça.

Ele segue em direção à sorveteria, acredita que a moça trabalha perto ou é parente dos donos. Se ela correspondeu ao seu olhar, quem sabe seja possível os dois fugirem juntos e recomeçar em alguma parte do globo. Alguma parte em que ninguém conheça a tragédia dos Trindade. Levá-la consigo para continuar a vida de fugitivo não faria do sonhador uma coisa boa na vida dela, mas um algoz. É o que pensa Ivanildo.

Passa a manhã inteira à toa. Almoça num bar. Come apenas um arroz com feijão e um ovo estalado. É preciso estar leve à noite, com o peso do vento e o corpo de uma fumaça que se esfuma. Só há leveza ao pensar no sorvete. O que o impede de caminhar até a sorveteria? O medo de realmente encontrá-la e descobrir o quanto há de exilado. Mas como perder algo, sem antes tê-lo? O sonho, o que teme perder. Muitas vezes, de muitos modos, baila o medo de perder o que nunca teve. Mesmo assim, entra na sorveteria e se senta numa mesa.

Quem procura, acha, isso é bíblico. Atrás do balcão, quem tanto procurava. Deseja beijar os olhos que o arrebatam. Ele quer beijar o coração dela. O corpo de Ivanildo grita por aquela mulher. O pai dela é o dono da sorveteria. Ivanildo não tem iniciativa. Não sabe o que falar. Deseja apenas se esconder e contemplar o seu amor. Uma vontade imensa de prolongar o instante. Não, não quer apenas prolongar o instante. Qual um místico que se deifica, ele deseja fundir-se ao instante. É possível uma pessoa beber o instante e dizer "eu o sou?". Fundir-se ao instante seria, de certa forma, transformar-se naqueles olhos cor de mel. Continua atrapalhado diante da desconhecida. Ela se aproxima e inicia uma conversa perguntando se Ivanildo quer um sorvete e diz que o preferido dela é o de ameixa.

"Você não é daqui. Onde mora? Espero que em algum lugar melhor que esta cidadezinha?", disse ela.

"Atualmente moro na sela do meu cavalo. Nas últimas horas, eu e ele praticamente somos o mesmo. Acho que sou um homem-cavalo. O engraçado é que sinto que o meu cavalo é mais sensato do que eu. Acredita nisso? Sou de Jenipapo, a minha cidade não é boa. Diante dos acontecimentos recentes, parece que visitar um cemitério é o melhor programa da cidade. Pense num programão."

Ivanildo é tomado pela vontade de bater com a cabeça na parede. A mulher olha se o pai os observa e continua o papo. Ela é observadora e quase pergunta pelo corte na cabeça, sua cara de cansaço, as olheiras e até a sujeira dos dedos das mãos. Mas isso não é estranho para um agricultor, são detalhes que podem passar despercebidos. Ocorre que esperava algo melhor do primeiro contato. Esperava transformar o simples no maravilhoso. Ela continua o diálogo. Deseja saber um pouco mais daquele homem que um dia ganhou o seu olhar e agora parece desinteressante.

"E a pracinha ontem, como foi aquilo? Já correm as notícias aqui", ela pergunta.

"Que notícias? Não estou sabendo de nada."

"Que um louco quebrou parte da praça e enterrou uma cachorra."

"O que mais contaram?"

"Disseram que era um violador de cadáver, roubou um pedaço de osso de uma das covas. Até achei engraçado o apelido que colocaram nele. Sabe como estão chamando? O Colecionador de Ossos. Esse doido poderia passar um tempinho aqui. Nesta cidade não acontece nada. Sabe o que acho? que infringir a lei, uma vez na vida não faz mal a ninguém. Fico até imaginando ele fazendo um colar de ossos."

Ivanildo ri da própria desgraça, ao saber do apelido, O Colecionador de Ossos. O que conforta é que foi divertido escutar as histórias que se espalham sobre O Colecionador de Ossos. Toma o sorvete de coco, olha para os olhos dela novamente e pergunta pelo nome.

"Não vou dizer o meu nome. Você vai ter que adivinhar."

"Nos meus sonhos o teu nome é Rosa."

"Então, me chame de Rosa."

"Mas por que ser chamada por outro nome?"

"O novo, a vontade de acontecimentos. Aqui, tudo é velho. Até os doidos estão em falta. Sempre escutei falar que criança é a alegria de uma casa. Acho que a grande alegria de uma cidade são os doidos."

Ivanildo pensa em Sandro, o irmão gostava de novidades. "No meu túmulo, se houver, quero uma rosa", ele fala em voz baixa. Enquanto isso, ela não consegue evitar olhar para o corte na cabeça dele. Olha novamente os dedos sujos, como se não entendesse por que perdeu tanto tempo pensando nele. A decepção dela é perceptível, não precisa falar. Ivanildo se dá conta de que não há mais nada para fazer na sorveteria. Antes de sair, sem se despedir, olha novamente para trás. Agora a sensação é diferente. É de amor à última vista.

3

Ivanildo espera o dia se esvair como quem se esconde no ocaso e contempla o próprio destino. Amarra o cavalo numa árvore, na saída da cidade. Troca de roupa: veste a calça e a camisa surrada. Põe o chapéu de palha e retorna para o centro de Pau D'Arco. Caminha vinte e cinco minutos a pé. O ônibus chega, o sonhador paga a passagem e entra. Senta-se no último banco. Ninguém gosta de ficar nos últimos bancos por causa do cheiro do banheiro. Abre a janela para o vento entrar e acende um cigarro. Com um pouco mais de uma hora de viagem, o ônibus entra em Jenipapo e pega os passageiros com destino a Fortaleza. Passa em quatro cidades pequenas com objetivo de preencher o número de passageiros. A parada é tão rápida que o motorista nunca acende a luz. Ivanildo coloca o chapéu no rosto e finge tirar um sono. Quem iria prestar atenção num sujeito que se senta ao lado do banheiro? Talvez a mulher que o cativa pelos olhos, ele pensa. Contudo, da maldade humana nada passa despercebido.

Martins é o grande cabeça da família. No entanto, Roberto é o mais temido. O nome "perversidade" parece fazer parte de sua vida. Mesmo fazendo calor, ele entra no ônibus bem-vestido, com um terno preto, e se senta no terceiro banco. Uma ou duas vezes, por mês, Roberto faz essa viagem. Sustenta uma amante em Fortaleza. Ele pensa em trocar de amante porque os custos estão muito altos. Passagens e outros gastos. "Manter uma mulher na capital é muito custoso, pense num bicho que gosta de gastar", era o que sempre repetia para os primos.

Na geografia de uma região onde tudo falta, o sertão não os separa. Ivanildo e Roberto no mesmo espaço é como se a vingança inventasse os laços de sangue entre ambos. Já são quase dez da noite, o usineiro não deixa ninguém dormir. Começa a contar as suas histórias compridas que parecem não acabar nunca. Fala que tem o corpo fechado. Uma certa mediunidade, graças a isso escuta vozes dizendo o que deve fazer. O ônibus entra em outras cidades, segue o destino retornando por Pau D'Arco. Ivanildo espera chegar perto da entrada. Roberto continua com suas histórias enfadonhas. Diz que tem os olhos observadores do cancã, ave da caatinga, e nada lhe passa despercebido. O ônibus se aproxima da entrada de Pau D'Arco. Hora de ficar em dia com o inimigo. Ivanildo caminha em direção ao prosador e fala baixinho:

"Hoje, eu vou testar sua mediunidade, vou abrir seu corpo com bala, não vou economizar."

Ivanildo espera o usineiro olhar assustado para o seu rosto. Respira fundo e dispara o que tinha na agulha. Os passageiros gritam, o motorista para imediatamente. O sonhador desce do ônibus, caminha um minuto, respirando como se estivesse soprando num fogão de lenha para o fogo dançar. Desamarra seu cavalo e some feito fumaça que se esfuma. Agora, ele sabe que não é o mesmo. Pensa que uma parte dele é bruta, qual Rodrigo. Outra parte é bicho solto, feito Gil. A insustentável vida numa cidade-estábulo e a brutalidade do sol não são nada se comparados à injustiça de um tiro nas costas. O dia de seu fim, não tem como saber, apenas que não demora. Nesse tipo de vida morrer é depressa. A partir de hoje, todos os dias em que lavar o seu rosto lembrará do que é. Essa será a sua multa diária.

4

Ana e Judite, quando crianças, tinham medo da coruja rasga--mortalha. Ela produz um som parecido ao do corte de um tecido e acredita-se que, quando passa numa casa e canta, alguém da casa morre. Cheias de medo, as irmãs se abraçavam e gritavam, como se fosse uma oração: "Viva os noivos!". Hoje, o azul do fusca de Pedro é a cor do agouro. Nas últimas semanas tem sido isso: se o carro encostar na casa de Nonato, coisa boa não é. Significa o prelúdio de alguma tragédia.

Judite caminha de sua casa até o comércio. Duas vizinhas estão conversando e mudam repentinamente de assunto. Quando dobra a esquina percebe que algumas pessoas apontam em sua direção. Volta para sua casa e, ao passar pelas vizinhas, percebe que elas desconversam novamente. *Qual das duas será a primeira a me contar o que tá acontecendo?*, Judite se pergunta. A cidade tomou conhecimento do assassinato de Roberto. No primeiro momento, ela quer saber quem foi o autor da façanha. Deseja presentear o autor do crime com um engradado de cerveja. Mas a alegria cede espaço ao susto. Os moradores acreditam que Gil é o autor. Ela se antecipa, antes de a polícia agir, manda Pedro avisar o irmão.

"Mataram Roberto e estão dizendo que foi você", fala Pedro.

"Eu não matei corno nenhum, esse povo ficou doido."

"Pense nos teus filhos, vai logo se esconder no mato ou na casa de alguém. Anda, avia."

O caçador não escuta e grita dizendo que não matou corno

nenhum. Pedro se retira da casa e fica dentro do carro. Rodrigo e Camila com bastante esforço conseguem convencê-lo a sair. "Eu vou. Mas volto. Tenho arma e boa pontaria, quem quiser que se arrisque."

O sítio está cheio de soldados, colocaram os sicários da cidade em busca de Gil. No entanto, isso tudo é inútil. Para ele, toda aquela mata não é apenas um refúgio, é uma zona de conforto. Ele beijaria tudo o que há de selvagem. Conhece rios, árvores, serpentes e lagartas na palma do seu gatilho. E foi só o tempo de entrar no mato, a polícia chegou vasculhando a casa e perguntando: "Cadê o valentão daqui?". Um dos policiais, um baixinho entroncado, quebrou o pote de cerâmica em que a família bebia água. Outro soldado, um magro, alto, corpo desconjuntado, não parava de olhar para os seios de Camila. Com Francisco nos braços, ela colocou Romildo, o filho de oito anos, atrás dela. O menino não se escondia na saia da mãe, segurava um casco de garrafa. Se um dos soldados tocasse em Camila, o menino quebraria o casco em um deles. Não conseguiram nada. Então foram procurar na casa do pai. O delegado entrou reclamando que não tinha café pronto e observou que Caetano tinha as costas largas. Por alguns segundos, ficou imaginando que, se prendesse o garoto, os soldados iriam adorar enfiar as mãos nas costas dele. Depois, olha para Nonato e solta uma piada.

"Ei, parece que já sou de casa, qualquer dia te levo para dormir na minha, acho que o teu couro ainda aguenta. E o valentão do teu filho, cadê?"

"Meu filho não matou ninguém e nem saiu ontem."

"Isso quem diz é a quenga da mulher dele."

Os pequenos estragos na casa de Nonato o deixam quebrado por dentro. Além disso, sentiu falta de parte do dinheiro do algodão. *Sou um velho de reputação arruinada*, pensa. Sabe que não é todo homem que consegue se olhar no espelho, depois de passar por uma humilhação. O curioso é que ninguém perguntou por Ivanildo, como se o filho mais novo fosse apenas um vândalo. No entanto, o pai conhece um pouco da nudez do coração do sonhador, sabe quem é o verdadeiro autor do crime. Lurdes chega com Ana e fala:

"Ela vai ficar com o senhor, a casa e os animais precisam de cuidados. Vocês já estão em desgraça. A família não tem que se preocupar com o que os outros falam. Tudo já se desmantelou mesmo."

"A criança é um de nós, filho da desgraça. Vai nascer sem pai."

Ana solta um sorriso, Lurdes não entende como a cunhada pode achar aquele comentário engraçado. Na verdade, Nonato estava enganado, Ana sabe que o filho não vai crescer sem contato com o pai.

5

Chocados com a morte do primo, os sócios de Roberto estão em reunião na casa de Martins. Na cabeça dos Palmares, um Trindade nunca teria coragem de mexer com um deles. Joca, o mais revoltado, não parava de repetir: "Vamos ensinar a Jenipapo que conosco ninguém brinca". Martins elogia o café feito pela esposa e diz que pretende comprar uma TV em cores; será a primeira da rua, quem sabe até da cidade.

"Você não escutou? Temos que ensinar esse povo que conosco ninguém brinca", disse Joca.

"Não existem bons resultados nas coisas feitas de supetão. Deixe tudo comigo que resolvo, sem alarde. Tenha calma. Lembre-se do livro de Eclesiastes, tudo tem o seu tempo. Tempo de nascer, tempo de plantar, tempo de colher, tempo de morrer", garantiu Martins, complementando: "E, principalmente, tempo de matar."

"Pois então resolva. Parece palhaçada, eu aqui falando de coisa séria e você vem falar de televisão", reclamou Joca.

"Futuramente, as pessoas vão falar que na casa de Martins teve a primeira TV em cores da rua. E seu filho, quando aparece na prefeitura? Estão comentando que o prefeito é um turista."

"Quem comentava era Roberto, ele queria ser o prefeito. Mas ficou tudo acertado, lembra? O próximo prefeito será o teu filho."

"Certinho, só queria ouvir isso. Beba o café com calma para não queimar a língua. Tente arejar a cabeça. Meus homens vão fazer o serviço e estão em busca de Gil", garantiu Martins.

"Duvido. Aquele filho da puta faz do matagal um grande labirinto. Sabe de cada buraco de tatu, sabe até onde as raposas dormem e se escondem."

"Tudo tem o seu tempo, e quando chega o tempo de matar, agir devagarinho seria uma falta de respeito com o próprio tempo. Uma coisa te garanto. Hoje vai ter velório, já mandei fechar o cemitério. Semelhante a Ivanildo, o doido, eles vão ter que abrir outro buraco na pracinha", disse Martins.

"Não é à toa que dizem que você é uma selva de gelo."

6

O cavalo andou tanto que nem suporta mais o próprio peso. Ivanildo é sem direção; só sabe que segue para outra cidade. Gosta de entrar em estradas carroçáveis, onde dificilmente passam carros. Ele foge sem destino certo. A palavra "justiça", além de um sonho, é uma bala. É o som que reverbera em sua mente. Em Jenipapo, a maldade é a única coisa que é feita às claras.

"Amigão, uma pausa para o descanso", Ivanildo diz.

Passou a ter o cavalo como um dos seus interlocutores, em vez de falar consigo mesmo. Às vezes, não sabe se é ele ou o animal que tem espinhos nos cascos.

Sob a sombra de um pé de juazeiro, fala:

"De que selva somos feitos? Sabia que podemos voltar para casa, duvido que alguém imagine o que fiz. Não vai dar em nada."

O sonhador estava certo e errado ao mesmo tempo. Quem matou Roberto foi um homem invisível. Ele entrou no ônibus com chapéu e uma roupa surrada e ninguém o enxergou no último banco. Apenas o som dos tiros foi o seu cartão de apresentação. Na lógica da cidade, peixe pequeno não mexe com tubarão. Então, seria impossível à família Trindade se vingar. Nas palavras do próprio Roberto, eles só servem para serem cavalgados. No entanto, dos nossos planos sempre há algo que escapa. A capa de invisibilidade de Ivanildo ganhou a sonoridade do nome de Gil. A sua fama como pistoleiro ainda era gritante. Nunca conseguiu tirar essa imagem. Esse foi um dos desacertos do sonhador.

As pessoas não enxergam direito o que é tão evidente. Tudo é bastante suspeito. Ivanildo não se encontrava em casa na noite do crime, e na noite anterior, arrumara uma confusão na cidade. Sem contar que já tinha desafiado Roberto. O tempo é melindroso e um dia alguém faz uma rememoração do óbvio. Semelhante a uma pessoa que nunca percebeu o detalhe principal de um quadro na parede e, somente depois de alguns meses ou mais, consegue enxergá-lo.

Mente e corpo cansados, aproveita para um cochilo. Há vários modos de fugir, mas é preciso apontar para onde dói. Ivanildo sonha que retorna ao sítio Unha de Onça, desce do cavalo e o manda de volta para o pequeno estábulo improvisado. O cavalo não o atende e o segue. Os dois entram no mato e se ferem com espinhos e galhos. Mas é a sua casa que sangra. O sonhador acorda atordoado, deseja retornar para perto da família. Ele acredita que o delegado talvez tenha esquecido o incidente. Até porque a preocupação agora é solucionar o crime que resultou na morte de Roberto.

7

Cardumes ametistas do dia, o sol amanhece com um brilho de jaspe. Rodrigo não foi ao alpendre buscar a garrafa de café. Lurdes e Caetano acham estranho. Agora qualquer atraso tem sombra de crepúsculo. Ela fala para o filho, brincando: "Quem sabe o teu pai ainda não desvirou da forma de bicho". Na tarde em que deixou a cama para morar com os bichos, algumas pessoas começaram a comentar que Rodrigo se transformava num cachorro louco e atacava o que viesse pela frente.

Se Ivanildo desejara se fundir com o momento em que contemplara os olhos de Rosa, Rodrigo buscara se deificar por meio das pedras e dos animais. Ele era um panteísta e não sabia. Parecia abandonar o humano e assumir toda a materialidade do seu lado mineral ou bestial. Há algo de fóssil nele. Caetano não queria proximidade com o pai. Apenas desejava que fossem verdade as histórias sobre um homem que se transforma em cachorro. Assim, o lado animal justificaria a falta de amor pela mãe. Queria acreditar que um dia o pai iria amanhecer com um rabo. Ele e a mãe passariam as mãos na cabeça do cão que não pararia de babar e diriam: "Com os donos ele é mansinho".

O filho vai em busca do pai. No seu cantinho, junto com os bichos, aves e até adubo. Qual um dos animais de criação, Rodrigo foi morto. Foi sangrado como um porco gordo. Estava dormindo e não teve tempo para reagir. O homem que era conhecido como uma pessoa bruta terminou a vida sendo mais uma vítima da crueldade daqueles matadores. Morreu de olhos

87

fechados, sem tempo para o grito. Lurdes ainda sonhava com uma espécie de alfabetização das emoções. Para ele aprender a se comportar feito gente. Ela falava sozinha: "Rodrigo, no dia em que você virar gente, eu serei feliz". Caetano jurou que não ficaria por isso mesmo. Quem foi morto não foi um porco gordo ou um cão, foi um pai de família, com identidade e uma vida árida, semelhante a cada um dos famintos de Jenipapo.

8

O cemitério fechado. O coveiro viajou. A razão do passeio não é segredo para ninguém. Rodrigo será enterrado no terreno da casa do pai. Há um gosto de plantação devastada. Fúria e dor naquelas terras. A funerária traz o caixão e flores. Tudo com muito carinho e zelo. Fazem até mesmo a barba do morto. Ninguém sabe quem pagou. Em Jenipapo, quando morre um pobre e a família não tem como pagar os gastos, recebe uma grande ajuda. Isso porque há uma pessoa na cidade que paga o velório. O enterro acontece com toda a dignidade. Para esse povo, ter o nome escrito na cruz já é uma linda flor de túmulo. Honraria póstuma. A cidade deseja descobrir quem está por trás dessa caridade. Muitas vezes, e de muitos e inesperados modos, o bem é feito em silêncio. Sem fazer barulho. Sem alarde. O velho Nonato diz que alguém da família já iria à funerária, mas Camila comenta com Pedro: "É melhor assim, um caixão tá mais caro que um sofá". O fato é que eles tinham como pagar, por isso ninguém entendeu.

Na casa de Nonato preparam sopa para as pessoas que estão trazendo suas condolências, porém são poucas. O delegado entra na casa, acompanhado de dois soldados e alguns homens de Martins e Joca. Camila percebe a cara de desdém deles. Já não havia nada de sorrateiro. Polícia e capangas queriam matar Gil e são responsáveis pelo fim de Rodrigo. Judite não consegue acreditar na falta de respeito de Siqueira. Ela, que sempre foi a mais racional e prudente nas suas relações com o mundo, agora é pura emoção.

"Temos que fazer alguma coisa, esses filhos de uma puta não podem ficar aqui", diz Judite a Camila.

"Pois é, nem a dor de uma esposa e familiares esses excomungados respeitam. É muita maldade contra uma família só. E ainda querem pegar o meu Gil", responde Camila.

Siqueira anda pelos cômodos da casa, olha até o quintal, quem sabe o Gil apareça, pensa ele. Luciano, um dos homens de Joca, entra na casa. Pede uma sopa e pergunta se Ana não quer um bobo para assumir a criança. Ana se afasta com medo e fica ao lado de Lurdes, perto do caixão.

"Só faltava essa, até aqui teremos que ficar em silêncio? Igual ao enterro de Sandro?", Camila pergunta a Judite.

"Vou acabar com essa palhaçada e é agora", responde Judite.

Ela toma o prato de sopa quente das mãos de Luciano e derrama nele. O vaqueiro fica sem ação. Os soldados se aproximam e Camila aponta para o caminho da rua. As duas gritam e apontam o dedo nos peitos do delegado. Nonato, petrificado, acompanha tudo. Parece que Siqueira já exerce um poder sobre o chefe da família. O soldado entroncado agarra Judite e pergunta ao delegado se precisa levá-la até a cadeia. Pedro, que havia dias andava inquieto, estava fora da casa e entra quando escuta a discussão.

"Solte a minha esposa. Todo mundo fala por uma boca só que vocês fazem parte da boiada de Martins. Tomem vergonha na cara e respeitem a dor dessa família."

Só o que faltava, essa mosca-morta agora resolveu mostrar as unhas. O que é dele tá guardado, pensa o delegado.

"Solta ela, soldado, vamos deixar esse povinho se despedir em paz de seu morto. E você, seu Pedro, nem sei por que não mando meus homens amaciarem um pouco a tua carne. Mas da próxima vez, vai ser diferente. Reze para esse dia demorar."

Luciano faz do seu corpo um ninho de cólera, esperava que o delegado tomasse outra atitude. Frustrado, entra na conversa e faz uma ameaça ao casal.

"Vocês mexeram com merda. Qualquer dia, alguém entra na sua bodega, pede um refrigerante e será só o tempo de você virar as costas, e tome bala. Ou então, alguém pede um copo d'água e agradece com uma peixeira cortando tuas tripas. Vocês estão mortos. Vai ser uma coisa boa, na hora da missa, quando o padre falar: 'Missa em sufrágio da alma de Pedro'."

"Eu vivo para o trabalho, ganhar dinheiro e criar meus filhos. Mas, se for preciso entrar numa briga, tenho as minhas armas. O que conquistei gasto tudo para defender minha casa", responde Pedro.

"Luciano, vê se o Martins precisa de você e vai colocar as vacas dele pra mijar", diz Camila.

"Vamos embora, homens, já estamos no verão. Desconfio que antes do próximo inverno muita gente vai esperar a chuva no cemitério", diz o delegado.

Lurdes só agradece a Deus por Caetano não estar presente. O velho Nonato não consegue levantar a cabeça de tanta vergonha. Já não se sente um homem, apenas um gato velho que procura um canto na casa para morrer. Judite nunca tinha visto Pedro falar daquela forma e ficou orgulhosa. Na noite seguinte, ela o procurou como quem dorme com um novo amante.

9

Saber de plantas anômalas, de árvores espinhosas, de répteis venenosos, de aves de rapina e de homens que rastejam. Para entrar na mata em noites de horror, é preciso perícia na arte das insídias. Tudo isso Caetano aprendeu quando caçava com Gil. Ele entra na mata em busca do tio. Ambos, além de apegados, dividem a mesma paixão pela caça. Um sabia onde o outro poderia se esconder. Sua sorte é que os homens de Martins e a polícia estão no enterro e não o seguiram em busca de Gil, que ainda não sabe o que aconteceu.

Encontra Gil olhando para uma pedra, discutindo com o nada, esperando que algo falasse, esperando que algo germinasse nele. A solidão tem dessas coisas. O sobrinho conta o que aconteceu e pede ajuda para matar os mandantes. Gil, com os olhos sedentos de sangue, sabe qual favor pode fazer ao irmão. Por mais que Gil e Caetano sejam apegados um ao outro, o filho de Rodrigo não é obrigado a seguir os mesmos passos do tio. Nas pelejas do cotidiano, o menino ainda tem muito o que lutar e não deve se perder agora. É o que Gil pensa, em um dos seus raros momentos de sensatez.

"Você acha que matar um desses canalhas é a mesma coisa que caçar rolinha, preá ou veado? Não entre nessa, é um caminho sem volta."

"Eu quero fazer o que tem que ser feito. Não vou engolir a morte do meu pai. Na escola já ouvi falar de homens que experimentaram certas drogas e depois disso nunca mais voltaram. Então que isso seja minha droga, nem quero saber em ser ou não o mesmo."

"Família é bicho engraçado. Pensei que escutava Ivanildo ou Sandro falando. Olha só, volte à sua casa e procure não abrir a boca para não falar besteira. Deixe o resto comigo, já estou nesse rabo de foguete mesmo. Não sei quem matou, mas já fui condenado."

A vontade de vingança deixava Gil com os olhos uivados. Ele sabe que quando o importante é o olho por olho e dente por dente, todo homem quer se tornar algo monstruoso. No entanto, o problema é quando se transforma apenas num carro desgovernado, que desgraçadamente finda no primeiro baque.

"Então desista, sozinho não consegue. Vou até repetir uma coisa que o tio Sandro falava: 'Eles são muitos'", disse Caetano.

"Não fique avexado, as minhas providências serão tomadas. Eu vou fazer o que tem que ser feito."

10

Em outro município, Ivanildo entra no pé de uma serra, numa zona rural. O lugar fica isolado. Não serve nem como passagem para outra localidade. Como se fosse a boca de um saco, pelo mesmo buraco que alguma coisa entra também sai. Com fome, olha para uma roseira, quase come as pétalas. Olha para os lados e não encontra capim para alimentar o cavalo. Um senhor de barbas longas e olhar penetrante tem sua atenção capturada pela figura de Ivanildo. Um forasteiro é ave rara e gera curiosidade. O morador pergunta pela terra natal do sonhador. Ele responde que é de Juazeiro do Norte, o seu destino fica em qualquer parte do mundo em que possa encontrar comida e trabalho.

"Aqui você só encontra fome", diz o desconhecido.

"Quer comprar o meu cavalo?", pergunta Ivanildo.

"Não tenho dinheiro para comprar nada. Neste lugar, tudo falta."

"Troco o cavalo por um almoço, um banho e uma roupa limpa."

"Esse animal é roubado?"

"Não, é meu. Sou apenas um viajante em busca de trabalho."

O homem sabe que Ivanildo mente, mas não acredita que seja ladrão. O negócio seria bom para o comprador. Nessa vida quase todos querem levar vantagem em tudo. Por outro lado, sempre há um sujeito chutando o pau da barraca, jogando tudo pro alto. O sonhador ainda tem um pouco de dinheiro que sobrou da venda do algodão, e precisa de muito mais.

"Certo, negócio fechado. Entre em minha casa, tome um banho antes do almoço. Vou buscar uma roupa limpa. Somos quase da mesma altura."

Ivanildo entra na casa. O homem aponta para o quintal. No tanque de cimento, um balde, uma toalha velha, sabão e a caneca para tirar água. Fecha a porta e toma o seu banho. Não havia banheiro no quintal. Ele leva a sacola junto com receio de que o desconhecido pegue a sua arma. Há um espelho pequeno, límpido e cristalino. Ao lado, uma lâmina para se barbear. *Há um outro homem que me olha, é um espanto o meu rosto no espelho*, pensa Ivanildo.

Depois do banho, o homem manda o sonhador catar feijão e entrega uma cuia para tirar todas as pedras. O dono da casa mora sozinho, é viúvo e esquecido pelos filhos. Depois de um tempo, serve a comida. Feijão com farinha e uma galinha cozinhada. Ivanildo come tudo e repete. Passou uma noite sem comer. Até tatu na mata caçou e não encontrou. A última coisa que colocou na boca foram os frutos do pé de juá. O senhor, que não diz o nome, arma uma rede na sala, coça a barba longa e diz:

"Não precisa partir com tanta pressa, pode descansar um pouco. Se deite e descanse."

Ivanildo se deita na rede e entra num sono profundo. Quando acorda já é noite. O cansaço era tão grande que se levanta como quem acorda de ressaca. Na verdade, estava desidratado e muito fatigado. Caminha para fora da casa e encontra o velho na calçada, fumando um cachimbo. Os dois fumam juntos.

No rosto do sonhador ainda há sonolência. O cansaço não é apenas físico. Quando há algo colossal nas costas, é preciso tomar cuidado. O peso pode gerar enfermidade espiritual. Pode gerar câncer, úlceras, hérnia e roubar a lucidez. Mas, em Jenipapo, morrer é depressa e quase sempre nem dá tempo para a doença crescer.

"Durma na minha casa, você é bem-vindo, pode partir amanhã."

Nesse momento, o sonhador já não é um forasteiro na casa de um estranho, agora ele é hóspede. Acontece que, se ganhou a condição de hóspede, o dono da casa não pode continuar feito um estranho. Por causa da sua barba longa, Ivanildo o chama de Barba-Branca. Não quis perguntar o seu nome. Se não falou é porque, da mesma forma que Ivanildo, o Barba--Branca tem seus motivos para esconder o nome.

No dia seguinte, fica sabendo que na outra cidade há um carro que leva sacoleiros até a feira de Caruaru para comprar e revender roupas. Se a estrada estiver boa, é um dia de viagem. Ivanildo acha que pode ser um destino interessante, entrar em outro estado e depois, quem sabe, conhecer o Recife. Talvez seja uma boa viagem, ele pensa. Ao contrário de Gil, Ivanildo queria fugir da família, da cidade e da própria identidade. Escapar de tudo e de si mesmo. Contudo, sempre carregamos tudo aquilo que rejeitamos. Os dois mandantes da morte de Sandro ainda estão vivos, isso o angustia. O gosto de vingança interrompida o anestesia, deixando sua boca seca, tendo que engolir saliva.

II

É bonito dizer que com o tempo todos os impérios caem. Dino, um dos vereadores de Jenipapo, pediu polícia de fora, mais homens para controlar a situação. Uma coisa puxa outra e, de repente, todo o esquema da cooperativa, que não é segredo para ninguém, pode se tornar público em todo o estado. Isso pode significar o fim. Mas o começo do fim já começou. O grupo de usineiros não aceita nenhuma interferência externa. Então, Joca usa o seu filho, prefeito da cidade, para interferir numa das ações da segurança pública. Luciano foi à casa de Dino e mandou que ele se preocupasse com a própria vida.

A melhor maneira de vencer o medo é desafiá-lo. Pela primeira vez, o grupo de usineiros encontra uma família que os confronta. Aos poucos, outros homens também começaram a desafiar os Palmares. O grupo não percebeu um detalhe: Gil é um caçador e jamais aceitaria se tornar uma presa. Uma fuga seria algo contra a sua natureza. Ele não suporta o escondimento. Feito um bicho solto no mato, a paciência não é o seu ponto forte. O caçador não sabe trabalhar nos subterrâneos. Mas há algo que sobra. O que sobra é a sua harmonia com os bichos e com tudo o que é mato. Ele se funde com o seu próprio espaço. Ao contrário de Rodrigo, Gil consegue o equilíbrio entre o homem e a fera. Embora quase tudo seja ferocidade e, como sempre, o seu lado selvagem se insurja contra a sensatez. Resolve se arriscar e segue até a sua casa. Encontra tudo quebrado. Fica sabendo do arrimo do delegado pela casa do seu pai e decide que vai pipocar um dos soldados.

"Eu que não fico de braços cruzados, com medo, esperando o próximo tiro. No lugar de uma casa eu deveria ter comprado uma moto. Já teria chegado na cidade e metido uma bala naqueles filhos de uma égua", diz Gil.

"O pior não é nem isso, o pior era um soldado magro que não parava de olhar para os meus peitos. Acho que ele é um tarado ou me achou muito peituda", diz Camila.

"São tudo pau-mandado, vou matar logo é um daqueles grandões. Esses pés de chinelo, me entendo depois. Vou começar pelo Joca. Amanhã, ele vai fazer um discurso na inauguração de uma pracinha com o nome do pai dele."

"Homem de Deus, vê se toma juízo. Você sabe que os Palmares sempre mandaram na cidade, ninguém mexe com eles. O melhor é sumir daqui."

Gil se irrita com Camila. Fugir, nunca. É aquela coisa: ao mesmo tempo que o excesso de luz cega, o orgulho em muitas ocasiões nos deixa na escuridão.

"Aprenda uma coisa: os Palmares têm cu, e quem tem cu tem medo. Selva de Gelo ou Serpente Prudente; o mais perigoso é o Martins. O safado é do tipo que enfia a faca sem o sujeito sentir e quando percebe já é tarde. Matando os dois, Martins e Joca, já era. O que sobrar é fumaça."

12

O ambiente é sufocante. Todavia, algumas carnaúbas deixam os olhos descansados, gerando impressão de rútila alegria. Joca, ao lado da mulher e alguns puxa-sacos. Martins não estava e enviou Luciano. Em momentos de guerra, evita aparições em público. Ao contrário do primo, Joca não se preocupa. Certa ocasião, falou que matar membros da família Trindade não é muito diferente de meter uma bala numa raposa que invade o seu galinheiro.

Gil acorda aloprado, ele é a bala da tarde. Começa o que pode ser a sua última jornada. Uma pausa para descansar os dedos dos pés. Os sapatos ficaram apertados. Com a distância o rifle fica pesado. Caminha praticamente a manhã inteira, apagando as próprias pegadas. Já é meio-dia, fica um tempo deitado no chão. As formigas caminham em seu corpo. Sente coceira por causa do capim. Algumas formigas atacam a sua mão. Algo de errado, é como se ele estivesse perdendo o contato com a terra.

Está desgastado e com sede. Chega no horário em que começa o evento. O caçador se esconde atrás de um Corcel. Arranha a porta e urina nos pneus. O carro era de Joca. Havia umas trinta pessoas, o sítio era pequeno. Um minúsculo palco para o discurso foi montado. Para fazer um pé de serra um sanfoneiro foi convidado. Joca sobe no palco. Sob o sol tórrido, Gil tira o rifle do saco de estopa. Mira e dispara. Seus pulmões já não eram os mesmos. O cansaço da caminhada e os cigarros. Não conseguiu respirar direito, deu o primeiro tiro e errou. Ele nunca tinha errado um tiro. Talvez tenha perdido o equilíbrio entre o homem e o animal, o homem e a mata, o homem e os pássaros.

A bala da tarde não é uma asa, é um desacerto. Joca, com seu barrigão, corre com dificuldade do palco, e a pequena multidão se dispersa. Gil segue em busca do usineiro. Luciano e dois soldados estão no local. Um deles é o magro, o que não perdia a oportunidade de olhar para Camila. O outro, o entroncado.

"Ei, soldado que olha para as mulheres alheias, diz quantos peitos tem uma bala."

O soldado magro correu, apavorado, mas dessa vez Gil não errou o tiro. Acertou na cabeça. Passa por ele, que morreu com a cabeça esbagaçada. Caminha em direção ao grupo escolar, em que Joca se esconde. O fazendeiro, alagado de suor, não acredita no que está acontecendo, parece um animal encurralado. O soldado entroncado, em desespero, perde o medo de Joca e grita: "Eu falei que você deveria ter trazido os seus homens. Seu buchudo teimoso". Tudo rápido, esqueceram a porta do fundo do grupo escolar aberta. Gil deixa o rifle encostado na parede e entra com um revólver 38; para ficar mais rápido. Entra com toda a sua truculência. Acerta o primeiro tiro, com gosto, no segundo soldado. Caminha em direção a Joca, aponta o revólver. A vontade de vingança é tão grande que o esquecimento também foi o seu erro. Luciano, feito um bicudo--do-algodoeiro que se esconde entre folhas, estava deitado no fundo da sala. Ele matou Gil com um tiro nas costas.

Joca já tinha sujado as calças. Tenta falar alguma coisa, mas de tão apavorado não saía nenhum som da sua boca. O medo. Agora, um dos Palmares conhece esse limite da emoção. "Eu falei que resolvia", disse Luciano. Apanha o revólver de Gil e aponta para Joca. "Buchudo, eu vou te matar. Nunca mais vai me chamar de ninguém. Nunca mais vai dizer que homem nenhum é de nada." Ele atira na testa de Joca.

Na cidade, a notícia corre velozmente, Gil matou Joca e depois morreu com um tiro de Luciano.

Quarta parte

Jenipapo western

I

O velho Nonato num quarto com cheiro de roupa suja fica por conta da inércia. Ele não sai da cama nem para tomar banho. Na cadeira que ocupava à mesa uma aranha tece a sua teia. O patriarca é apenas a sombra do homem que um dia existiu. Luciano aproveita a situação e circula livremente pelo sítio, aumentando o medo de Ana. Na justiça alegou legítima defesa, a família de Joca pagou um bom advogado. Judite se pergunta: "Como um tiro pelas costas foi legítima defesa?". Para o vaqueiro, não há nada mais feérico do que a fama de perigoso. As pessoas da cidade dizem que ele ficou tão inchado de orgulho que parece um sapo-cururu. Uma ocasião, Luciano pegou uma vassoura e alguns farrapos e construiu um boneco. Pôs nele um chapéu, uma camisa, uma calça e falou baixinho: "Sabe quem é Joca Palmares? Eu que matei. Não sou pouca bosta, eu matei Joca Palmares".

Uma nova força desponta. Luciano olha para as usinas como quem diz: *tenho futuro na firma*. Graças aos últimos acontecimentos, fica encarregado dos atos obscuros dos Palmares. Pela morte de Gil, ganhou de presente dos filhos de Joca o casebre em que mora. Já não mora mais de favor. Nenhum presente é de boa vontade. Recebe uma nova obrigação: apagar toda a família Trindade.

Luciano agora dirige a caminhonete dos patrões. Encosta o carro, entra no Bar das Calcinhas, coloca o revólver na mesa, observa um homem que mora perto da família Trindade e o expulsa. Depois manda chamar Ritinha. Pergunta se ficou triste

103

com a morte de Rodrigo, ela muda de assunto e o leva para o quarto. É a primeira vez que frequenta o local. Antes, não tinha dinheiro para gastar. O vaqueiro pensa em Ana. Que foi rejeitado por causa da sua condição financeira. *Ela quer um homem perfumado, algum fresquinho da cidade, não um homem como eu, que tinha o cheiro de curral. Mas agora subi na vida,* fala consigo. Ana grávida e ninguém sabe quem é o pai. Desconfiam que é Walter. Se o estudante voltar, é homem morto. Tudo porque ganhou o que Luciano não conquistou. O vaqueiro queria que a vida de Ana fosse dele, a do filho também. Imagina os seios dela crescendo. Não basta matar toda a família, deseja tê-la, antes de cometer o crime.

Mas se o pai ficou macilento e inválido num quarto, Judite não pretende assistir a tudo calada. Ela dirige sozinha o fusca até a casa de Nonato. Ana não olha para o rosto da irmã e continua varrendo sem perguntar nada. Depois do casamento, as duas nunca estiveram sozinhas, uma do lado da outra. Para começar uma conversa, Judite pergunta se tem café.

"O café já esfriou, se quiser esquente. Conhece a casa."

"Já me contaram que Luciano fica rodando por aqui, você não pode morar no sítio sozinha. Venha morar comigo. Você mais pai. Tem espaço na minha casa."

"Sempre fui o jumentinho de carga da casa, agora você quer me fazer de empregada. Vou, não. Se quiser que lave as suas calcinhas."

"Deixe de ser cabeça-dura. Fala de mim, mas você é ruinzinha. Pode passar cem anos e não esquece a sua mágoa. Pense no seu filho. Você quer tomar uma bala nesse bucho e perder a vida e a criança?"

"Mulher, você é tão boazinha, mas não se preocupe comigo. Cuide da sua casa e dos teus filhos. Se quiser pode pegar o nosso pai e sumir da cidade. Do meu filho cuido eu. Vá-se embora. Já foi? Já voltou? Então suma novamente."

Judite tem que agir rápido; salvar a irmã e o que restou da família. Sem o marido saber toma as suas providências. Ao contrário de Gil, ela sabe como trabalhar nos subterrâneos. Martins, a Selva de Gelo, nem imagina que encontrou páreo para uma boa briga. Isso porque Judite é o degelo.

2

Na cidade, aos poucos, uma flor começa a brotar. Toda a oposição que antes era escondida comemora a desgraça da família. Era como se do horror da tentativa de extermínio dos Trindade, os dois Palmares mortos significassem algo frutuoso. De modo especial, porque os filhos não têm a dose de veneno necessária para dar continuidade ao legado. Agora, tudo fica nas mãos de Martins, afinal, ele é a Serpente Prudente.

Dino, o vereador a quem Joca mandou tomar cuidado com a própria vida, entrou em contato com um jornal de Fortaleza. Saiu a matéria: Família dizimada em Jenipapo. Na guerra entre os Trindade e os Palmares, o político enxergou a grande oportunidade para agir contra Martins e crescer politicamente.

Dino deseja o cume. No mesmo dia da publicação, perguntou ao jornalista o que achava da divulgação a respeito de uma nova liderança nascendo da tragédia de uma família. O autor da matéria mencionou Stravinski, que não há primavera sem outras sacrificadas. Enquanto isso, Martins tem a difícil tarefa de segurar a fúria dos filhos de Joca e Roberto. Com cautela, a Serpente Prudente fez a opção de expulsar o resto dos Trindade para não correr o risco de chamar atenção novamente. No entanto, Judite não pretende obedecer. Para ela, é confortável saber que uma família acostumada a bater em pessoas, como se fossem animais, prova a própria bestialidade que apadrinharam. Os Palmares também enterram seus mortos com o corpo crivado de balas.

3

Na serra, o Barba-Branca é um forasteiro. Foi visto pela primeira vez numa noite de chuva, ganhando a desconfiança dos moradores. Encontrou uma casa abandonada e dormiu junto aos escombros. No outro dia, tirou das suas malas roupas limpas, feito quem se despe do passado e se veste de um novo dia. Entrou numa casa que também era um barzinho improvisado; o cheiro do café lhe agradava. Depois de comer cuscuz, perguntou sobre algum pedaço de chão para comprar. Aqui os seus pés se enraizaram. Para ele, o que torna um homem forasteiro não é nascer ou se criar em determinado lugar, mas a falta de pertencimento. Já se passaram trinta anos, nunca recebeu visita, nem gosta de dizer o nome. Algumas pessoas falam que ele trabalhava com gesso, era santeiro. O lugar mais próximo onde se compra gesso é Juazeiro do Norte, que o recebe das minas. Sua matéria-prima é encontrada nos depósitos calcários da chapada do Araripe. Por isso, acredita-se que o homem era daquelas redondezas.

Ivanildo não dorme bem. Em seus sonhos as suas mãos têm fuligem. Quando acorda, fica com o juízo agoniado, principalmente agora, depois de um pedido de Barba-Branca.

"Quero falar uma coisa. Na semana passada, o meu pequeno chão de terra foi cercado. Um homem de um sítio perto de nós cercou e colocou dois cavalos. Quando comprei era terra de herança, então nunca tive papel nenhum assinado. Quero que pegue o cavalo, diga que é meu filho e veio cuidar de mim. Isso é a velhice, quando se mora sozinho, todos querem se aproveitar."

"E por que vou fazer isso? Não sei quem é esse povo e nunca fui homem de me meter em questões de terra. Por que me toma assim, como se eu fosse um matador de aluguel?"

"Acha que não vi a sua arma? Conheço um homem em fuga pelos olhos. Quem sabe esteja fugindo da sua própria natureza."

"Isso mesmo, sou um homem em fuga e já me demorei demais aqui. Só quero ser a luz de um relâmpago."

"Não seja avexado, nem me deixou terminar de falar. Escuta só, devolvo o teu cavalo. Faça o que estou pedindo, por favor. Você fica aqui uns dias comigo. Aproveita e bota a sua cabeça em ordem. Não tem ninguém por mim e muitos já querem se aproveitar."

"Já falei que não faço esse tipo de coisa. Não sou de briga. Uma das minhas professoras achava tão bonito quando um homem dizia que era mole. E sou um molenga."

"Vou te contar um caso. Uma vez, surgiu um rapaz aparentemente muito bom. Pegava um carro de feira e me levava para receber a aposentadoria. Eu até dava um agrado. De repente começou a buscar sozinho o meu dinheiro e ficava com uma parte. Um dia, me trancou em casa e pôs uma corrente nas minhas pernas, como se eu fosse um velho cachorro. Ele me pegou na covardia. Passei uma semana comendo só bolacha com água. Ele abria rapidamente a porta e jogava a bolacha como quem atira comida para as galinhas. Minha sorte é que eu ainda era capaz de enfrentar muitos homens. Quando consegui quebrar a corrente, esperei ele voltar. Foi só o tempo de entrar. Puxei-o pelo cabelo e quebrei uma garrafa na cabeça dele. Levei-o para o muro e o amarrei. Soltei-o depois de uma semana, quando as pessoas começaram a bater na minha porta, em busca do safado. Nunca mais ninguém quis tirar vantagem de mim. Então aconteceu isso, essa cerca com dois cavalos. Já estou muito debilitado e não tem como fingir que ainda sou forte. Meu resto de saúde só serve para aguentar as cachaças que lavam minhas feridas por dentro."

O seu lado selvagem já nasceu e ele se pergunta: "Quem me salvará das trevas do meu coração?". Ivanildo compra a briga. Admitiu o seu lado escuro e começou a tocar nas profundezas. Ele monta novamente no seu cavalo e fica contente. Afinal, fizeram uma longa jornada juntos. Na sela ele se sente enraizado. O terreno é pequeno, a plantação deve servir apenas para complementar a aposentadoria. O sonhador observa o invasor de cima para baixo, e diz:

"Bom dia, tudo bem? Eu sou o filho do dono destas terras e ele não pretende alugar ou vender."

"Que engraçado, me disseram que não tinha dono. Quero ver a escritura das terras."

"Rapaz, estou sendo bonzinho. Outro no meu lugar nem conversaria."

"Era terra abandonada. Já cerquei, vou ficar por uns tempos. No inverno devolvo."

"Abandonada o escambau, você vai sair com os cavalos e agora."

"Quem é você para me ameaçar? Cuidado, você não sabe com quem está mexendo. Se quiser pode descer do cavalo e saímos no tapa."

Ivanildo observa a cintura do homem, quer se certificar de que ele não tem arma de fogo.

"Você também não sabe quem sou. Tem até amanhã para tirar os cavalos e a cerca. Caso contrário, teremos morte. Em cara de homem não se bate. Se quiser trocaremos tiros. Por mim, essa conversa já se encerrou. Vou passar óleo na arma."

Ivanildo retorna à casa de Barba-Branca. Chega à conclusão de que demorou muito tempo nessa serra e vai pegar o seu pouco dinheiro e sumir. Chegou a pensar que ali poderia existir uma chance de ser outro. Continuar a viver da lavoura, tendo em cada noite as estrelas como irmãs. Fazer semelhante ao dono da casa: se despir do homem velho e se vestir de um homem novo. Mas continuar na agricultura significa o contato com velhas relações de poder que o obrigariam a mexer em suas feridas todos os dias. Na verdade, a atividade o transformaria em ferida aberta. Para isso, basta a multa cotidiana.

"E como foi?", Barba-Branca pergunta.

"Eu dei o recado, amanhã eu volto. Se ele não sair eu o mato e banque as consequências."

"Por mim, tudo bem. Já estou velho mesmo, um desmantelo a mais me faria bem."

"Cadê a voz da sabedoria? Dizem que com o tempo amadurecemos."

"Conversa fiada, com o tempo só pioramos. Novos vícios e outras manias. Lamento por você, se acontecer. Mas pelo pouco do que vejo, só tem dois caminhos: a loucura ou a morte. Ofereço um terceiro. Esqueça quem é, recomece aqui comigo. Você cuida das minhas poucas terras. Oferece segurança e eu te sustento como se fosse o teu pai. Quem sabe arruma uma cabocla bonita por aqui."

O Barba-Branca viu em Ivanildo uma forma estranha de recuperar a sua paternidade. O curioso é que ele e o sonhador se identificam pelos escombros que carregam nas entranhas.

"Pai eu já tenho um, não sou cão sem dono. Ele dizia que eu nunca dei orgulho, e agora sou dado a desonra. Mas vamos mudar a conversa porque hoje não estou pra lembranças."

O velho abre uma garrafa de vinho São Braz, diz que comprou quando visitou um amigo em Patos, Paraíba. Barba-Branca acende o cachimbo e conversam sobre coisas amenas. Os dois também não estão em busca de profundidades. Sob uma lua tão bonita deparar com as próprias verdades poderia estragar a noite.

Ivanildo olha para o céu e sente um aperto no coração. Ele lembra de Sandro.

"Você acredita em seres de outro mundo?", pergunta Ivanildo.

"Não consigo entrar em contato nem com o povo daqui. Eu que não vou perder tempo matutando esse tipo de coisa. Quero nem saber se o homem foi à Lua ou não."

No dia seguinte, Ivanildo acorda e arruma a sua sacola. Com calma, toma um café, come um pão de milho com coalhada e some. Tirar a cerca ou cometer outro crime? Encontra a cerca, mas os cavalos foram retirados. Ele mesmo corta todo o arame farpado. Com uma sensação de trabalho feito. De algo encerrado, mesmo que sua estada tenha sido tão breve. Não se despede de Barba-Branca. O homem nunca disse o seu nome e Ivanildo nunca perguntou. Se cada nome é um destino, melhor não o saber. O importante é se preparar para as adversidades e se adaptar ao que vier.

No sítio mais próximo, Ivanildo consegue vender o cavalo e ganha uma carona até a cidade. Muda de plano, já não pensa em ir a Caruaru. Pretende entrar numa kombi que leva passageiros até Juazeiro do Norte, na rodoviária comprar uma passagem para qualquer capital brasileira. O primeiro destino que encontrar. Seja Teresina ou São Paulo. Quem sabe o estado do Rio de Janeiro, visitar Walter, ele mora em Nova Friburgo. Os gêmeos adoravam o estudante, porque o que ele falava fazia sentido para os irmãos.

4

A kombi demora, Ivanildo não tem tolerância com coisas demoradas. Entra num bar e começa a tomar cerveja, comendo castanhas torradas. Um bêbado puxa conversa. O sonhador só queria ficar sozinho com as suas agitações, então, responde: "Não me aperreie, deixe-me em paz".

O dono do bar não gosta e diz:

"Calma, não precisa querer humilhar o rapaz. Qual o teu nome?"

Hoje, o sonhador não pretende se esconder. Há um gosto de liberdade quando diz o seu nome e o quanto odeia a sua cidade.

"Meu nome é Ivanildo, os preguiçosos gostam de me chamar de Ivan. Sou de Jenipapo."

O comerciante muda de humor, fica entusiasmado com a informação.

"Caramba! Você é daquele faroeste. Cuidado para não morrer de bala perdida. Todo dia tem morte. Dizem que no cemitério já nem tem espaço."

"Quem morreu por lá?"

"Ah! de nome não sei, não conheço aquele povo. Só sei que a família que desafiou os grandões da cidade se deu mal. Todos os homens foram mortos. O último era metido a pistoleiro."

"Gil, o nome dele?"

"Já falei que não conheço aquele povo. Espera um pouco. Felício conhece. Vou perguntar."

O sujeito ainda não estava bêbado, era vendedor de fumo e conhecia todo o comércio de Jenipapo. Então, respondeu:

"Vou contar como foi o moído. Uma família de agricultores se meteu com quem manda na cidade e se deu mal. Quase todos já estão mortos. Só falta um, parece que ele endoideceu e sumiu no mundo. Conheço a irmã deles, Judite, é uma das minhas clientes. Pelo pouquinho que sei dela, posso dizer que baixar a cabeça é algo que ela jamais vai fazer. Pense numa mulher de fibra."

No estreito do peito, as palavras jorram feito um açude que se perdeu da sua sangria. Há um nó na garganta. Ele não sabe onde começa e termina sua angústia. Fez um gesto pedindo a conta. Caminha pelas ruas poeirentas que nem eram calçadas ou asfaltadas. Caminha como se não tivesse chão. Encontra uma velha estação transformada em depósito. Na calçada, ele chora. A culpa por ter ele mesmo começado tudo o desespera. É invadido por uma vontade de cuidar do restante da família e esquecer de pôr o seu mundo em questão, até porque há sempre algo que escapa. Decide não pensar em nada. Busca no silêncio um lugar dentro de si em que não haja qualquer movimento. Mas pensar em nada é algo de que ele não dá conta. Pensa em Ana, Judite e no velho pai. Não tem como esquecer o que ele mesmo causou; Ivanildo não foi atingido pela cultura da indiferença. Decide voltar, mesmo sabendo que não será acolhido pela cidade; somente a morte deseja recebê-lo com afagos.

5

No sítio Unha de Onça, Camila visita o túmulo de Gil. "Meu amor, não tenho do que reclamar. Você foi um bom marido. Mas eu não morri junto e vou cuidar da minha vida." Pega o terço, reza um mistério pela alma do amado e agradece a Deus por ele ter feito parte de sua vida. Depois entra dentro da casa para conversar um pouco com Ana. Saber se o sogro melhorou. Encontra apenas o seu Nonato no mesmo estágio de inércia. Deitado na cama, abandonado à própria sorte e com fome. Ana sumiu, as roupas não estavam no quarto. Será que Luciano fez alguma coisa?, a cunhada se pergunta. Procura Ana na casa de Lurdes, que passou os últimos dias tentando tirar o filho de Jenipapo, até conseguir convencê-lo a ficar um tempo na casa de uma tia em Juazeiro do Norte. Ana também não estava lá. Lurdes fica cuidando do sogro enquanto a outra vai até a casa de Judite.

Camila sobe num carro que faz linha para a cidade. O vestido preto a deixava mais atraente. Os seus olhos pequenos são de uma beleza tentadora e alguns homens começam a olhá-la. Ela gosta. *Qualquer dia vou sair com um deles, não estou capada*, pensa.

Judite fica sabendo do sumiço de Ana, mas não é isso que mais a inquieta. Ela encontrou casa e comércio fechados. Os filhos estão com a sogra. Tudo estranho. Fica preocupada com o marido. É aquela coisa, são tantas ameaças e nunca se sabe de onde virá o próximo disparo. Ela e Camila caminham até a casa dos pais de Pedro. Encontram Fabinho brincando com um carro de madeira e Renata fazendo a lição de casa. Ninguém sabe nada, aumentando a inquietude da esposa. Pedro deixara as crianças na casa da mãe, dera um beijo nela e, sem falar nada, entrara no carro. Tinha uma bolsa de viagem no fusca. Ambas sabiam que algo de novo acontecera e não era coisa boa. Afinal, ele nunca saía sem dizer o destino.

"Calma, Judite, Pedro logo aparece, vai ver é algum chão de casa que foi olhar", disse Camila.

"Minha preocupação agora é também com Ana. Luciano rondando a casa e a teimosa sozinha. Fiz de tudo para trazer aquela cabeça-dura."

"Esqueça isso, Ana nunca vai te perdoar. Não tem como fazer o impossível gostar de você. Vamos atrás de Luciano, é o melhor a fazer."

"Que pena que deixei para fazer ontem o que deveria ter feito no mesmo dia da morte de Gil."

"Mulherzinha, me diz o que você fez?"

"Nada, pensando alto."

Judite freta um carro até o sítio para buscar o pai. Encontra-o sem nenhuma resposta diante da vida. Um olhar vago. Lurdes colocou numa sacola as roupas do sogro, que eram poucas. Naquele momento, Camila já desconfiava do que acontecera com Ana e Pedro. As duas pedem informações nas casas próximas e descobrem que Ana saiu num fusca azul. De imediato, Judite saca tudo. Na verdade, ainda não queria enxergar e nem sequer verificou se as roupas de Pedro ainda estavam no quarto do casal. Contudo, Doda, o dono do bar, sempre bem informado do que acontece por perto, confirmou: os dois tinham fugido juntos.

Quando Ana começou a se encontrar com Walter, já desconfiava que estava grávida de Pedro. Na verdade, a bagunça toda começara numa das reuniões de família. Pedro ficou aguardando por ela dentro do fusca. Não gostava de se envolver nas confusões da família. Ana entrou no banco de trás, desfivelou a calça e disse: "Venha". Tudo acontecendo na frente da casa. Foi assim, casa e fusca pegando fogo. A família com as discórdias dos irmãos, o fusca com os corpos dos amantes. Ana dizia: "Venha, sempre te quis, venha, só não deixe dentro". Depois disso se encontraram sempre no carro, de frente à casa. Pedro sempre se perguntou por que não se casara com Ana no lugar da outra. Ana o tratava com carinho. Ele ficava emocionado até quando lembrava da voz dela: "Venha, eu sempre te quis". Judite, mesmo com o coração todo remendado, colocou o pai no carro e seguiu em frente. Camila pensava que ela iria se desesperar e fazer um escândalo.

"Mulher, você não vai atrás? Se fosse eu, nem queria saber se era irmã ou não. Dava uma pisa na safada e arrancava os cabelos dela."

"Deixe como está. Se eles fizeram isso comigo, não valem um minuto da minha preocupação. Não vou fazer como Ana, fritar meu cérebro chorando pelo leite derramado. Tenho pai e filhos que precisam dos meus cuidados e outras coisas para acertar."

"Mas a pergunta continua, né? Como foi isso, a safada não saía de casa?"

"Camila, você me conhece. Sabe que não sou mulher de ficar hipnotizada por detalhes."

Judite entra no carro como quem vira as costas para o passado com o marido e a irmã. Como quem volta chapada de uma viagem e sabe que algo ficou para trás e nunca mais será a mesma.

6

Ivanildo pega um ônibus até Jenipapo. Na estrada, a sensação de que não tem volta o que fez. Agora é conviver com a sua multa diária, o homem que se transformou; um carro desgovernado, derrapando numa maldita estrada carroçável, arranhando-se entre cercas e arames farpados. O ônibus balança e quase salta por causa dos buracos na estrada. Qualquer dia alguém ainda quebra a coluna. Enquanto isso, é Ivanildo que se encontra todo quebrado por dentro. No banco da frente, um jovem estudante com um livro de Augusto dos Anjos nas mãos. O sonhador sente inveja, gostaria de não ter uma arma e um crime nas costas, mas aquele livro propicia um momento de êxtase que só a literatura possibilita. Ele lembra de um verso do poeta, que conheceu num livro didático do colégio, "Ah! Um urubu pousou na minha sorte".

O ônibus faz uma parada. Ele entra no banheiro fedorento de um posto de gasolina. Encontra um senhor defecando e fumando ao mesmo tempo. O senhor se levanta, lava as mãos que estavam puro cigarro e reclama da sujeira do banheiro.

"Que interessantes são as flores; elas servem para agradar um amor ou enfeitar a morte. Acho que o homem quando morre é o animal mais podre. Quando em decomposição, fede muito", diz Ivanildo.

"Somos pó e ao pó voltaremos. Lembre-se do que disse Jesus: 'Mas o que sai da boca procede do coração e é isto que torna o homem impuro'", disse o senhor.

O ônibus segue viagem, Ivanildo dorme sob o efeito do álcool. Sonha com Sandro apontando para uma estrela cadente e fazendo um pedido. Depois vê o fusca azul sendo enterrado por Judite. Acorda na entrada de Jenipapo. Confere sua sacola, a arma na cintura e espera chegar ao destino.

7

Qual a sensação de olhar uma pessoa que na próxima esquina ou semana estará morta? Ivanildo desce do ônibus. O espanto visita os seus olhos quando os pés tocam na terra. Agora, ele é um homem com uma arma na cintura. O povo o olha já sem ódio ou vontade de chamar o delegado, mas como se olha um moribundo. A sua é uma morte anunciada. À vista de todos. Judite pode até encomendar o caixão e as flores, isso se ela não morrer primeiro.

Em Jenipapo, a morte é o espetáculo principal, e Ivanildo é a grande atração da temporada. A pracinha permanece danificada. O sonhador, que já nem sonha tanto, fica indiferente aos olhares de todos. Na sua vida tudo é tão inusitado que nada é fácil de anunciar. O anoitecer final de sua vida pode ser a qualquer instante. No sertão a morte é precoce.

Ele chega na casa de Judite. Bate na porta, ela o deixa entrar e diz:

"Seu doido, que bom que apareceu, fico feliz. Bom porque continua vivo. Só acho que não foi legal voltar, sua vida está em risco."

"E o nosso pai, como tá?"

"Está comigo, venha ver. Entre no quarto de pai."

Ivanildo acha estranho, o pai nunca sairia daquele sítio. Ao mesmo tempo, fica feliz, não acreditava que encontraria Nonato novamente. *E Ana, cadê?*, ele se pergunta. Sabe que a irmã nunca aceitaria morar com Judite. A casa estava um pouco desorganizada. A louça, suja. Fabinho começou a chorar, chamando o pai, Renata jogava damas sozinha.

"Afinal o que aconteceu, além das mortes dos nossos irmãos?"

"Calma, não se aperreie que tenho um bocado de coisa para contar. Entre no quarto e veja o seu pai."

Ivanildo percebe que o pai não está bem. Não demonstra nenhuma reação quando vê o filho. Ele é que sempre teve medo do encontro. Acreditava que o pai iria olhar nos seus olhos e perguntar: *Ficou satisfeito com toda essa desgraceira?*

"Ana fugiu com o pai do filho que espera. Agora conseguiu tudo o que sempre sonhou."

"Então já descobriram quem é o pai. Que bom que pelo menos ele assumiu a criança. É o Walter?"

"O pai é o finado Pedro."

"Ele morreu?"

"Sim, morreu para mim. Já não faz parte da minha vida e nem quero mais tocar nesse assunto."

Ivanildo não demonstra surpresa, seu estado de espírito não lhe permite vaguear em detalhes ou curiosidade. Mas lamenta pela família, que ganhou a materialidade de um estilhaço. Ele pega Fabinho no colo como quem diz: *agora somos apenas nós*. Judite brinca com o filho, dizendo:

"O que o tio Ivanildo é? Diz o que o tio Ivanildo é."

"Doido, ele é doido", responde a criança.

Judite esquenta o que sobrou do jantar, aponta em direção a uma rede, que armou para ele dormir, e diz:

"É bom dormir cedo, porque amanhã teremos novidade."

"Diante dos últimos acontecimentos, as novidades não têm sido boas. Quem diria, eu ter medo de mudanças."

Ele dormiu. Sob a luz da novidade foi o seu sono.

8

E a novidade viria do Bar das Calcinhas. Luciano estava um pouco bêbado, dizendo que iria propor sociedade no puteiro. Dora não gosta da proposta, considera o vaqueiro muito ousado e pergunta: "O que você tem para me vender é só a casinha, o que tem na vida? Bote preço que eu compro". "O que você tiver eu compro", repetiu várias vezes. O vaqueiro se exalta e a chama de puta velha. Quando isso acontece, a vontade de Dora é fechar o estabelecimento. Não ser obrigada a conviver com certas pessoas já seria uma grande vitória.

Luciano exige ficar com uma galega da casa, e de graça, para compensar a desfeita. A dona deseja expulsá-lo. No entanto, tem medo. Ele chefia os homens da família Palmares. Além disso, os moradores sempre comentaram que ele não é boa coisa.

Depois de satisfeito, ele se retira do puteiro. *Esse povo tem que aprender que não sou um pobre-diabo*, o vaqueiro pensa. Quando abre a porta da caminhonete do patrão, escuta uma voz atrás de si, dizendo que tem um recado. Luciano toma uma facada nas costas. Esse é o recado. Uma faca revelando em carne e sangue a sensação de ser atingido pelas costas. Pouca bosta ou pobre-diabo, o agressor não quis saber, e ainda falou baixinho:

"Saiba que quando aponto a arma para um homem, nunca converso com ele. Mas uma pessoa valente igual a você merece toda a minha consideração. Para mim, o melhor dia do ano é o feriado de Finados. Fico todo emocionado, nesse dia me acho muito importante."

O matador saca o revólver. Estoura os miolos de Luciano e some na escuridão. Depois do tiro todos saem do bar e encontram o corpo mergulhado numa poça de sangue. Dora diz que a bebida é por conta do estabelecimento. A notícia se espalha. Ele morreu hoje, e Ivanildo chegou há pouco tempo. A cidade começa a falar que não foi coincidência. Um dos clientes afirma que morar em Jenipapo é melhor que assistir a filme de tiroteio.

9

Judite não tem nenhuma preocupação com a arrumação da casa. Tanto faz o sofá velho ou uma parede para rebocar. Já não tem tempo para ninharias. Levanta-se cedo, abre o comércio e atende os primeiros trabalhadores que compram pão. Depois retorna para fazer o café e levar os filhos para o colégio. Um dos fregueses avisa: mataram Luciano. Todos dizem numa só voz: Ivanildo o executou. Ela fecha o comércio e vai em busca do irmão. Talvez o melhor seja partir novamente. O irmão estava acordado, fazendo mingau para os sobrinhos. Antes de ter uma conversa com ele, pede-lhe que acorde as crianças para que não percam o horário da escola. Ele entra no quarto, abre a janela e deixa a luz do sol entrar. Renata grita para o tio fechá-la e pede só mais cinco minutos de sono. Assim, ela inicia um combate contra a luz. Nesse momento, Ivanildo se pergunta se há espaço para as iluminâncias entrarem em algumas das gavetas de sua alma.

Judite estava na cozinha, provando o mingau, queria saber se tinha ficado bom. Escuta o barulho de uma cadeira caindo. Abre a porta do quarto do pai. O horror invade os seus olhos. A corda e o pescoço, Nonato entre a vida e a morte. Ela grita pelo irmão. Tentam segurar as pernas do pai e salvar a sua vida, não deu tempo, o chefe dos Trindade não sobreviveu.

Nonato foi enterrado ao lado dos dois filhos. Os três juntos, o espaço parece uma cova rasa de algodão mocó. Camila dizia que nunca tinha ido a tanto enterro na vida e que já passou da hora de esse ciclo mortal terminar. A sede de sangue

123

é um formigamento sem fim, Martins prometeu que a morte de um dos homens dos Palmares não sairia impune e iniciou sua própria investigação em busca do matador. Hoje, saiu uma matéria no jornal intitulada "Jenipapo western".

10

O que pode uma mulher numa cidade pequena contra homens poderosos? É uma pergunta de Dino aos seus colegas da oposição, depois que alguns fornecedores deixaram de vender mercadoria. O vereador, acompanhado de dois homens numa caminhonete, visita Judite e diz: "Faça uma lista do que precisa para o comércio e me dê o dinheiro que iremos buscar". O coração dela palpita de alegria. Pela primeira vez, depois da fuga de Pedro, teve a sensação de que não estava sozinha contra aquelas aves de rapina.

"Não tenho dinheiro, eu compro para pagar com quinze dias ou um mês. Na verdade, pago com o próprio lucro da mercadoria. Depois que todo esse inferno começou, o comércio caiu muito, sabe? E agora, com a ameaça do fim do algodão, por causa do bicudo, a quebradeira será grande", disse Judite.

"Sei disso, o algodão é a moeda de troca. Quem tem algodão tem crédito. Mas me deixa falar uma coisa, podemos emprestar um dinheiro. Fica tranquila que a panela de Martins e comparsas já começou a quebrar. É sério, bote fé."

"Que coisa boa de ouvir, que um anjo fale por sua boca."

Dino falar abertamente essas coisas contra Martins foi surpresa para Judite. Uma ocasião, Martins afirmara que não existe oposição, pois os vereadores não passam de piolhos de algodão. Todas as noites, o usineiro colocava algumas cadeiras na calçada de sua casa e jogava dominó com os amigos. Hoje, já não faz isso. É cauteloso, não quer ser surpreendido com uma bala achada. Nos seus cálculos, só perdeu. Perdeu dois sócios,

125

dinheiro com advogados, o nome em jornal, e agora tem que enfiar suas mãos na lama. Alguns moradores dizem que os dias dos Palmares na Prefeitura já estão contados. Martins assiste a uma oposição crescer, e não mais de forma velada. A verdade é que Dino e outros membros do partido, por enquanto, são os únicos vencedores dessa guerra ainda sem fim. Todos querem Judite. Todavia, ela jamais aceitaria ser transformada num prêmio de espólio de guerra.

Ivanildo volta ao sítio e Judite o chama de louco. A casa velha é apenas um espaço vazio, semelhante a uma ferida, e o sonhador a sua crosta. Três cruzes com as datas de nascimento e morte o fazem lembrar do sonho que teve com o seu nome escrito com letras de fogo na porta. Lurdes comenta que nunca tinha percebido que a casa não era grande. Judite fica sozinha por pouco tempo. Lurdes e a filha vão morar com ela. Uma bagunça, além de Renata e Fabinho, tem Marta. Antes de apagar a luz, Lurdes e Judite rezam uma novena para Nossa Senhora do Perpétuo Socorro. Além da preocupação com as crianças, Judite teme por Ivanildo morando sozinho. Lurdes pede para ela vender tudo e partir da cidade.

"Neste lugar só tem morte. Pense nos teus filhos e em mim também, estamos juntas aqui", pede Lurdes.

Palavras não adiantam, o ciclo só termina com o resto dos Trindade ou o usineiro numa cova. Judite propõe um trato com a cunhada. Até a próxima desgraça, não falar a palavra "morte". Já não aguenta mais. Judite ainda não tinha perdido a capacidade de se espantar com a violência. Mesmo conhecendo a sua realidade, é triste saber como a vida ficou banal.

II

Camila recebe a primeira cantada, que veio de um motorista. Passou a ser conhecida como "a viuvinha". Ontem, conversou com alguns pretendentes, e as mulheres casadas estão enlouquecendo de ciúmes. Esquecer tudo e seguir em frente. Criar os seus filhos e viver outro amor. É só o que deseja. Nem pensa na parte da herança. Além de pequenas, as terras são consideradas malditas, comprá-las também seria adquirir um cemitério. Voltando da cidade, no caminhão dos estudantes, percebe a casa aberta. A viuvinha entra e encontra Ivanildo fazendo café. Ela sempre o deixou desconcertado.

"Bom dia, seu Ivanildo, há quanto tempo. Como você dormiu? Já rezou pelas almas do pai e dos irmãos?"

"Cheguei há pouco tempo, mais tarde irei limpar o mato, vou trabalhar na nossa terra, que também pertence aos teus filhos."

"Dizem que você é um homem com os dias contados."

"As pessoas falam muito."

"Que acha de ir se confessar com o padre, antes de se juntar com os teus irmãos?"

"Eu não confio em padre. E quem sabe o Martins pode ir antes."

"Mas quem pensa que engana? Martins é mesmo o mau, o vilão, a besta do apocalipse? E você é o bonzinho, o herói, o São Jorge brigando com o dragão? Deixa de ser cara de pau, toda essa confusão é tua culpa. Tua culpa somente. Se não tivesse começado essa desgraça, Gil estaria comigo, ensinando o filho mais novo a dizer palavrão."

"Você ainda não sabe da missa a metade, eu que matei Roberto. E te digo: foi libertador."

"E foi? Que coisa. Judite tem razão. O seu intestino é mesmo na cabeça. E se acha todo especial. Olha, vou até embora, de você só quero uma coisa, distância."

12

Ontem, Camila ficou com Maninho, um rapazinho da cidade. Estão dizendo que a viuvinha só quer saber de capim novo. Já começaram a correr histórias. Uma delas é que Camila deu um chá de calcinha nele, o deixando doido. Ele se acha o máximo, só que a viuvinha é feliz também com outros. Ela lava os pés em qualquer regato, a imobilidade não lhe apetece. "Esses potrinhos novos se acham muito espertos, mas monto em todos, até burro brabo eu amanso", dizia Camila.

Vítor Augusto, o melhor amigo de Maninho, retorna a Jenipapo, de férias. Estuda fora desde o ginásio e cursa o primeiro ano de direito. O estudante fica louco com as histórias que o amigo conta a respeito de Camila. Ele dirige um Ford F100. Na sua picape, passa pela pracinha à noite, atrás de garotas, não sabe conversar com as mulheres, parece um adolescente de tanta espinha no rosto. Geralmente, olha para as meninas e sempre fala a mesma besteira: "Vamos dar uma voltinha fora da cidade e tomar uma cerveja".

Hoje é dia de festa, a viuvinha comprou um batom e foi deixar os filhos na casa de Judite. Pediu um par de sapatos emprestado porque quer dançar até os pés dizerem chega.

"Tenho que aproveitar a vida enquanto posso, depois todo este corpinho será comido pelos micróbios. Judite, bem que você poderia ir para o forró comigo. Você ainda tem fogo na xana."

"Eu não tenho cabeça para isso, nem conseguiria transar, de tão tensa que estou. Fico toda travada."

"Que nada, seria até bom, iria desopilar. Você sempre foi danada. Sabia que morria de raiva de você, era a minha única concorrente. Mas depois viramos cunhadas e grandes amigas. Olha só como a vida é engraçada."

"Sim, bons tempos, mas me casei com o finado Pedro. Agora estou me virando para botar comida na boca dos filhos."

"Mulher, em casa somos três bocas famintas e remédios de lombrigas para comprar, mas nem por isso vou desistir de brincar a vida. Você deveria fazer o mesmo. Principalmente depois daquilo que Ana fez. Se fosse comigo, eu iria atrás dela, mesmo se estivesse onde Judas perdeu as botas. Você não pensa em fazer isso?"

"Eu? Jamais vou perder o meu tempo com aqueles dois. Eles que se aguentem."

"Você tem razão. Não compensa cansar a sua beleza com aquele casal podre."

As crianças dormiram e Camila foi para a festa. Andando pelas ruas da cidade, Vítor a observa. Pelas descrições de Maninho, só pode ser a viuvinha, ele pensa. Encosta o carro ao lado dela e diz:

"Oi, eu me chamo Vítor Augusto."

Camila não gosta do nome, acha muito pedante.

"Não perguntei o seu nome", diz Camila.

"Vamos beber uma cerveja em algum lugar afastado da cidade."

"Chama a tua mãe."

"Deixa de ser besta e vem comigo, entra no meu carro."

"Já falei, vai tentar comer a tua mãe!"

Vítor segue para a festa. Tanto que pensou em sua viuvinha, e não deu em nada. Camila dançou e ignorou Maninho a noite inteira. Ficou com um homem de fora da cidade, que tinha ido apenas pela festa. O estudante passou algumas vezes perto dela, não parava de pensar naquelas pernas e no olhar saliente de Camila.

No outro dia, Camila contou a Judite o episódio com Vítor. "Vou te contar uma coisa. O filho do Martins parou o carro e me chamou para sair. Ficou doido por mim. Você sabe, todos os homens ficam. Mas coloquei ele no lugar dele. Era só o que me faltava. Me poupe."

"Tem certeza de que era o filho de Martins?"

"Tenho sim, reconheci o carro e todo mundo sabe que Martins tem um filho que estuda fora. O povo da rua fala, viu? Já estão me chamando de papa-anjo."

Vítor Augusto ficou louco por Camila. Quando o pai não estava usando o carro, ele dirigia até o sítio. Tomava cachaça com limão no mesmo bar que Ivanildo frequentava. Isso não vai terminar bem, todos comentavam. Mas ninguém falava nada sobre quem era a viuvinha ou o que o pai dele fez. Maninho não diz nada, quer ver o desmantelo, até porque ficou chateado com o amigo fura-olho. Doda é quem gosta. Ganhou dois novos fregueses, Maninho e Vítor. *Se Camila trabalhasse no meu bar eu ficava rico ligeirinho*, ele pensa.

Vítor cresceu alienado das coisas do pai, e quando leu no jornal as notícias de uma família sendo dizimada, pensou que fosse um bando de flagelados, não significando nenhum perigo. Talvez esse tenha sido o maior engano da sua vida. Lembrando a última matéria do jornal, é preciso saber que estamos em Jenipapo western.

13

Uma página em branco desafia Ivanildo. Antes que tudo termine em fuligem, pensa em escrever um soneto imitando Augusto dos Anjos e rascunha: "Noites tristes atravessam a minha alma, semelhante a uma foice prateada, já que o fim é putrefato, eu poderia ter uma amante". Depois joga o papel fora. Ficou muito ruim a primeira tentativa. Mas ele concluiu que o poeta deve manter boa relação com a lixeira.

Uma parte de Ivanildo definhava pela culpa. Era como se o homem insidioso que se vingou de Roberto tivesse ficado no pé da serra e, numa forma estranha de buscar redenção, desejara o próprio escurecer. Judite, ao contrário, abria as portas para as feras entrarem. Ela, aos poucos, começa a pôr sua alma em estado de guerra. "Meus filhos um dia vão me perdoar?" Uma das perguntas que fazia quando sua cabeça fervia de dúvidas.

Ivanildo compra uma bicicleta Monark usada para dar longas pedaladas. À noite, abre uma garrafa de aguardente. Toma tudo no alpendre, como se não tivesse inimigos. O cigarro acaba e vai ao bar em busca de outra carteira. O sonhador é um corpo numa bicicleta fazendo zigue-zague. Na frente do bar, ele vê o carro de Martins. "É agora, vou voltar, pôr a arma na cintura e matar esse filho de uma égua", fala consigo. Mas quem se encontra no carro é Vítor, em sua obsessão por Camila. Homens que não sabem ouvir um não. Ontem à noite ele passou perto da casa da viuvinha, gritando: "Sua nojenta! Eu te amo".

O sonhador pega o revólver, tira a poeira da calça que ficou cheia de terra por causa da queda de bicicleta. Suas pernas estão bambas, o fígado pede água. Por um instante, senta-se no alpendre, e é nesse momento que apaga. Acorda depois de duas horas. Nem se lembra do que pretendera fazer. A escrita é selvagem, ele tem vontade de escrever um soneto antes de morrer. Ainda bêbado, pensa novamente no rascunho do poema em que escreveu que poderia ter uma amante. *Acho que nunca amei Rosa, apenas me deixei seduzir pela esperança de viver um amor que me leve pelo coração*, pensa ele. O sonhador nunca entrou no Bar das Calcinhas. Uma pergunta brota em sua cabeça: por que não ficar com uma delas, antes de partir ou encaminhar alguém para a terra dos pés juntos? O curioso é que se embriagou, pedalou até o bar, dormiu com as portas abertas e nada aconteceu. Isso pode ser um sinal de trégua, principalmente porque alguns políticos estão na cola de Martins.

No bar de Dora, todos os olhos estão em Ivanildo. Uma das meninas o acompanha na mesa. Uma morena das perninhas grossas. A pele dela é violácea. O seu nome de mentirinha é Suzi Machado. Assim que se senta, pede uma dose de uísque falsificado. Ela puxa conversa e percebe Ivanildo distante. No fundo, gosta, não tem paciência com os homens que todas as noites perguntam como acabou nessa vida. Os dois entram no quarto. O colchão num chão que não era cimentado, coberto por um lençol que cheirava a cloro. Ela acende uma vela e ele começa a falar:

"Chegue perto da vela e tire sua roupa, quero te ver nua."

"Certo, mas vou logo avisando, quando for gozar jogue fora."

O sonhador a penetra. Os seios são quentes e ele adora sentir o calor. O tom violáceo da pele morena o deixa louco. Quer morder, chupar e beijar todo aquele corpo. A vela se deixa consumir inteira pelo fogo; Ivanildo se deixa consumir por outro corpo. Fazia tempo que não tinha uma mulher em seus

braços. Era como se antes todo o seu corpo estivesse aneste-
siado e naquele instante surgisse em potência um novo desespero. A vontade de sobreviver. Tudo é contraditório, ele sente
medo de morrer e medo de viver.

Nessa noite, Ivanildo teve um sonho maluco com uma
planta violácea sendo esmagada na estrada. Ele não toma banho para melhorar a aparência ou esconder a sua cara de ressaca. O cheiro de Suzi em sua pele o agrada. Embora ache
muito enjoado o perfume doce. Ontem, gastou todo o resto
do seu dinheiro em uísque falsificado. Veste a mesma camisa.
O cheiro da puta tem gosto de instante, e o que sobra é fumaça. Por um momento, ele se pergunta se a eternidade é
mesmo só fumaça. Um empregado de Martins estava no Bar
das Calcinhas e contou sobre a visita inusitada de Ivanildo
ao estabelecimento.

"Patrão, deixa eu terminar de contar. E ele ainda ficou com
uma das putinhas mais filé de lá. A Suzi Machado. Sabe por
que Machado?"

Martins se exalta, que é coisa rara. Logo ele, uma geleira si-
tuada no sertão árido. A Selva de Gelo.

"Lá quero saber de peculiaridades de nome de puta. Ele poderia ficar quieto no lugar dele. Eu até ia encerrar essa questão. As autoridades já estão cheirando o meu cangote. Sinto
até o bafo do juiz. Queria mesmo era me livrar de Dino. Matar
um vereador é a última coisa que preciso para me complicar
de vez com a justiça. Porra, sinto o bafo do juiz em meu cangote. Mas vou começar por onde apaguei a vela. O Ivanildo é
um homem morto."

O empregado pensa em dizer: *patrão, com todo respeito, mas
isso tudo só porque ele trepou com uma puta? Ele tem de fazer pe-
nitência? O pobre também tem direito ao gozo.* Com os Palmares,
tem coisa que só se pensa e não se diz, para não precisar des-
dizer. O empregado fica calado.

134

Martins sempre soube juntar as peças. Nunca acreditou que Gil fosse o assassino de Roberto; não fazia o perfil dele, um crime arquitetado daquela forma. O usineiro sabia que no mesmo dia do crime, Ivanildo estivera em Pau D'Arco e conversara com uma mulher na sorveteria. Tolice pensar que Martins aceitaria como verdade qualquer dedução, sem antes verificar. Mas é aquela coisa, tudo continua nas mãos dele, então não há motivo de se preocupar com a geografia de um crime. Ele só não contava que a oposição estava se preparando para o pulo do gato em cima dos Palmares.

Ivanildo pedala com o rosto sujo pela areia da estrada. A sua pele conserva o cheiro de sexo, feito o sal à carne. Pela primeira vez depois que voltou, não pensa em toda essa guerra. O baque, o sangue, o tiro. Uma rural o atropela e descem dois homens com pistolas nas mãos. O sonhador — antes do último tiro — começa a rir: *Morro com cheiro de puta*, pensa ele.

14

Muita coisa mudou desde que Sandro fez sua trip pra outro planeta. Ivanildo foi enterrado no cemitério, os dois gêmeos estão agora um ao lado do outro. Não ficaram separados feito duas gotas d'água. Suzi Machado, a mulher de tez violácea, deixa uma rosa na cova. A mesma pessoa que garante um enterro realizado com dignidade para todo pobre pagou o velório de Ivanildo. Mais, muito mais do que isso, essa pessoa entrou em contato com o juiz, que obrigou o coveiro a abrir o cemitério e fazer o trabalho dele. "Com certeza, esse benfeitor deve ser muito influente", era o que toda a cidade comentava. Judite já estava fazendo mágica com as dívidas.

Dora perdeu a mãe cedo. Fugiu com um mascate. O pai jogava baralho e o pouco que tinha perdia no jogo. A menina cresceu passando fome, sendo abusada pelo pai de Martins, que era homem casado e a sustentava. O pai de Dora fazia vista grossa e já estava acamado; morreu vítima de uma trombose. Tudo era tão pobre que o colocaram numa rede e o enterraram no mato, como se enterra um animal de estimação. Pensaram em jogar no rio. Cansada da ausência de oportunidades, Dora sumiu no mundo e fez de tudo um pouco. Foi empregada doméstica, sendo assediada pelo patrão; lavou roupas para fora, desenvolvendo alergia a detergente; trabalhou numa loja e ficou grávida do dono. Uma mãe sozinha com uma criança de colo para sustentar, num mundo em que os homens devoravam as suas expectativas. Fazia vários bicos durante o dia e trabalhava como prostituta à noite. Até pagou a faculdade da garota. A filha colou grau e não convidou a mãe. No dia do casamento, pediu para a mãe não aparecer. "Aparição, só de Nossa Senhora. Eu vou para o seu casório. Não tem como tirar o que os outros pensam, o importante é que sei quem eu sou", desafiou Dora.

Voltou depois de trinta anos. E fundou o Bar das Calcinhas. Quando retorna, descobre que o pai de Martins abusou de outra família, uma menina de apenas treze anos. Dizem que ele infartou nos braços dela. Dora conversou com a garota, queria ajudar de alguma forma. Olhou bem nos olhos dela e falou: "Bichinha, vou te oferecer uma coisa. Uma vida nova, nova em folha". Dora recolheu essa garota e cuidou dela como se fosse filha. Essa menina era Ritinha. Viver de favores, sendo amada por uma senhora que um dia fora amante do homem que arruinou a sua vida, era um peso. Quando completou dezoito anos, ela se vestiu com um vestido vermelho e subiu com um dos clientes. Ritinha sempre foi orgulhosa demais, preferiu viver do corpo. Dora questionava e não entendia. Como alguém escolhe se submeter a todas as intempéries da noite, por vontade própria? Sempre repetia que, se um dia alguém lhe tivesse feito uma caridade na sua vida, nunca teria entrado num bordel. Mas, com o tempo, procurou não fazer juízo de valores. *Quem sou eu para fazer algum julgamento*, pensava ela.

As noites de Ritinha com Rodrigo não eram apenas pelo dinheiro, ela o amava e até largaria essa vida por ele. O cachorro louco, em carne e osso, com Ritinha, era outro homem. Parecia que ainda carregava aqueles olhos de inocência cega, que faziam os vizinhos comentar: "Esse menino quer ser alguém". É isso que Caetano nunca perdoou no pai: a mãe não foi amada.

Uma semana depois do enterro de Ivanildo, Dora teve um infarte. Ritinha cuidou de tudo. Mas nas ruas todos gritavam: "A puta morreu!". Algumas mulheres casadas e beatas diziam: "Vai pro inferno, desgraça". Certas famílias não queriam que ela fosse enterrada perto dos seus parentes. Dora, a quem chamam de puta velha, era a pessoa que fazia toda a caridade de garantir que um pobre tivesse um enterro decente. Não aconteceu o mesmo com ela. Nas ladeiras de Olinda, conta-se uma história de uma mulher que fazia programa. Um dia, ela procurou dom Hélder Câmara para se confessar e falou mais ou menos assim: "Sou prostituta, mas tenho um amor tão grande por Jesus que toda Sexta-Feira Santa faço uma visita no presídio e procuro o preso mais feio. Quando vejo o mais lascado, aquele que ninguém olha, dou para ele de graça. Estou em pecado?". Dom Hélder respondeu: "Vai em paz, você é melhor do que eu". Ritinha, a única que sabia da obra de caridade de Dora, acredita que ela será recebida por Deus com um sorriso: "Suba, estou contente com você".

15

Não há nada intacto ao redor da velha casa. Talvez, algum dia, numa dissertação de mestrado ou tese de doutorado sobre essa região algodoeira, alguém escreva: "Uma família foi dizimada porque não obedeceu aos facínoras da terra".

Judite começa uma experiência com a linguagem. No silêncio busca uma palavra capaz de expressar a matéria mais febril e íntima de sua alma. Que escovava como se fosse um soluço, rompendo finalmente a mordaça que lhe foi dada. Lá, onde a garganta é um nó e nada consegue ser dito. Não tem medo do que deságua ou se desentranha por dentro. Começam a sair de sua boca frases tensas, olha seu corpo nu no espelho e diz que não existe pudor na palavra "reparação". Pergunta-se: "Quem vai se perder em minhas vergonhas?". Sente urgências de fazer de seu vocábulo o gatilho para uma ação. O que existe não lhe agrada. Agora, ela é só ferocidade.

Lurdes aponta para a lâmpada queimada que não é trocada, as contas de água que não foram pagas, os gatos nos telhados que estão quebrando tudo. Judite ficou desleixada com as coisas da casa; apenas se preocupa com a higiene dos filhos e a alimentação. O restante é o que se esgarça.

"Tenho que cuidar de mim e da minha casa. Desculpe, mas vou pegar minha menina e voltar para o Unha de Onça. Tenho que cuidar do que é meu. Não posso cobrir um santo para descobrir outro", diz Lurdes.

"Pode ir que também estou indo", responde Judite.

Lurdes não entende a resposta. No outro dia, Judite recebe a visita de Camila, que reclama de Vítor e da língua amolada do povo de Jenipapo.

"Não suporto aquele idiota do filho de Martins. Eu não gosto nem de minha sombra, agora só faltava essa, o Vítor fica me cercando todo dia, dando em cima de mim. Já falei que não quero. Ele que se dane. Mesmo sendo filho de quem é, na próxima vez, vou dar uns tabefes na cara dele."

"É mesmo chato. Onde geralmente ele fica?"

"Sempre no bar de Doda."

"É perto da nossa casa."

"Não sei se pode chamar de casa um lugar que virou um monte de cacos. As pessoas têm medo de passar na frente. Estão dizendo que é uma casa mal-assombrada."

"Estou fechando um negócio e amanhã recebo um dinheiro, quero que venha aqui."

No outro dia, Camila aparece, de acordo com o combinado. Ela sempre faz tudo que a cunhada pede. Judite vendeu o jipe, que era alugado para fazer a fiscalização dos empréstimos. Vendeu por um preço bem abaixo do valor. Pegou todo o dinheiro, colocou-o dentro de uma caixa de sapatos e a entregou a Judite.

"Não estou entendendo, o que faço com esse dinheiro?"

"Amiga, você é doida, mas confio em você. Guarde esse dinheiro porque daqui a um mês ou dois um homem vai bater na sua porta para buscar, entregue tudo a ele. E, por favor, não pergunte, é melhor não saber."

Judite beija os dois filhos e põe numa bolsa as roupas deles. Deixa-os na casa dos avós paternos, segura as lágrimas. Coloca a sua pulseirinha de ouro no braço de Renata. Pega a escritura da casa, já passada no nome das crianças, entrega aos sogros. Resolve morar no Unha de Onça. No meio do caminho, decide voltar. Bate na porta dos pais de Pedro e chama a filha. Fala algo que Renata não entende e tira a pulseirinha do braço da menina.

"Minha pequena, dessa geração dos Trindade não quero que vocês herdem nada, nem a obrigação de curar as feridas, ou pagar as dívidas de nossos mortos."

16

A realidade tal como sangra insiste em se apresentar de maneira embaçada. Em Jenipapo, a vida parece embriagada. O povo começa a dizer que Judite enlouqueceu. Agora, ela mora numa casa de ausências. Somente ela como habitante, o pai e os irmãos enterrados. Lurdes divide com ela os seus últimos mantimentos, ainda plantados por Rodrigo. Judite coloca uma cadeira no alpendre. Seus cabelos longos soltos ao vento, a panela em cima de suas coxas, ela começa a debulhar o milho. Tão serena nos seus afazeres que parecia fazer de cada tarefa uma meditação. Ao contrário de Ivanildo, a irmã limpava a mente e ficava um tempo sem pensar em nada. A cena lembra uma bela aquarela realista. Judite parecia se transformar naquele momento. Parecia ser o milho, a panela, o vento e o debulhar. E ao mesmo tempo, era um rio fora do seu leito. A primeira vez que Walter viu Judite, ele falou: "É a Shiva do sertão". Vítor Augusto passa perto, não consegue resistir àquela visão. Ele estaciona o carro e olha descaradamente. "Mulher bonita assim não fica muito tempo sozinha", ele fala consigo mesmo. Apesar de ser da cidade, nunca tinha visto Judite. Começa a buzinar e fazer gracinhas. Nesse instante, Camila já não dança nas plantações de sua imaginação. O garoto idiota nem imagina como é desinteligente se apaixonar por Judite.

A picape para no bar. Vítor, com os olhos amalucados de ver tanta beleza, pergunta quem é Judite. Doda serviu a bebida em silêncio e não disse nada. Ele pergunta novamente.

142

"Ei, cara legal, desculpe, é que passei a noite com dor de ouvido e não dormi. Não estou escutando direito. Mas me permita fazer uma pergunta. O seu pai sabe que você anda por essas bandas?"

"Onde ando não é da conta dele. Meu pai sabe como utilizo o carro e já é motivo de orgulho e pronto."

Judite puxa a água do cacimbão com um balde e o leva para o quintal. Toma um banho demorado, o seu chuveiro não faz falta, de caneca em caneca molha todo o corpo. Isso ganha gosto de infância. Lembra de quando nem sabia o que era um chuveiro. Passa o batom, o perfume, veste o seu melhor vestido. Ao seu lado, uma faca cega que não teve tempo de amolar. Caminha a pé com uma lamparina acesa até o bar de Doda. Pede uma carteira de cigarro. O curioso é que ela não fuma. E pela primeira vez Vítor Augusto muda a conversa. Ele não abre a boca chamando-a para tomar uma cerveja fora da cidade.

"Uma mulher bonita não deve andar a pé nessas estradas à noite, nem comer poeira de algum carro que passa. Deixa te levar em casa. Você entra no carro cheirosa e chega tão rápido que o perfume ainda vai estar forte no teu pescoço", diz Vítor.

Judite entra no carro. Seu lado selvagem também já nasceu. Vítor passa as mãos nas pernas dela e disfarça, dizendo que tentava passar a marcha. Ele diz que há um lugar gostoso para fumar um cigarro e trocar uma conversa. O lugar é um açude, praticamente nas terras dos Trindade.

Judite diz que não foi feita para enfeitar uma casa ou ser governada por um homem. Isso gerava insegurança em Pedro. Ela acende o cigarro, apesar de ser noite, Vítor observa a mancha de batom. Ele começa a elogiar tudo nela. Mas ela já não tinha paciência para escutar, achava-o muito cansativo. Então, mandou o garoto tirar a roupa. O vestido cai por terra, púbis, seios, todo o corpo de Judite nu. Ela se senta em cima. Diante de tanta beleza, a ansiedade é tão grande que o garoto treme mais que vara verde. Ele sente dificuldade de segurar.

"Calma, calma, que assim tão depressa não sou feliz. A felicidade não funciona às pressas. Respira que quero sentir tudo dentro. Fecha os olhos e relaxa. Segura, não sou de porcelana, não vou quebrar."

Vítor fecha os olhos. Judite abre a bolsa. Tira a faca cega e a coloca na garganta dele.

"Segura, já falei que se gozar logo não vou gostar. Segura ou te capo. Nem molhada estou."

Vítor Augusto começa a chorar de medo, sem entender nada e sem ter nada para oferecer. Há certos homens que com uma mulher de verdade se sentem frágeis como se ainda fossem crianças. Judite o chama de filhinho de madame. A lâmina, uma garganta, o corte, e então o fim. Judite olha para o corpo de Vítor como quem sabe que agora entrou em comunhão com tudo o que finda.

17

"Eu não sou mulher de sair com doido", Ana repete quando o nome de Walter é mencionado. Ela jura pela alma do pai que nunca teve nada com o estudante. Se teve ou não teve, isso não é da conta de Pedro. Os dois não estavam juntos. Todavia, acha importante que o marido mantenha em sua cabeça a imagem da Ana calminha, uma flor de recato. Toda a cidade comentava que Walter era o pai. O que chama atenção no estudante é a sua estatura, um homem muito alto. Então Pedro pensa: *Eu sou baixo, e se a criança nascer com as canelas grandes é o sinal de que o filho não é meu.*

Ana e Pedro abriram uma pequena padaria em Fortaleza. Em breve o filho vai nascer. Os dois sempre recebem cartas dos pais de Pedro, dando notícias das crianças e do que acontece na cidade. Uma carta chegou. Ele sai do balcão, entra no banheiro e, antes de abrir o envelope, acende um cigarro. Ana, com um barrigão, reclama de tudo, diz que a vida nunca é conforme o combinado. Não gosta quando Pedro some do balcão, então diz:

"Agora sou o jumentinho de carga do marido. Eu não sou escrava. Judite não fazia um terço do que faço. Digo e provo. Minha irmã era uma gastadeira, só queria saber de administrar o dinheiro, pegar no pesado que é bom, nada."

A carta traz a notícia: Judite foi assassinada num dia de domingo, enquanto debulhava feijão no alpendre da casa velha. Debulhava feijão sem nenhuma preocupação. Os seus afazeres eram a sua forma de responder à gramática do cotidiano e não morrer de véspera. Ainda era capaz de sentir contentamento com o cheiro de terra molhada. Ela foi enterrada ao lado do pai e dos dois irmãos. Um beijo, um abraço. Pedro segura as mãos de Ana, entrega a carta e diz: "Vou buscar os meus filhos. Judite se foi". Ela se tranca no quarto, se arrepende de remoer o passado e chorar pelo leite derramado. Naquele instante, todo o ódio pela irmã, que até então parecia interminável, cessou. Ela sentiu uma falta, um rasgo, a ausência de alguém para odiar.

É um novo dia, com as mágoas enxugadas, Ana acorda e vai à igreja acender uma vela. *Agora posso me casar na igreja, não vou ser uma mulher amancebada*, ela pensa.

18

Uma estrutura que se liquefez em Jenipapo transformando muita coisa. Dino e parte dos associados exigem uma eleição para a presidência da cooperativa. Questionam o fato de que uma filha de Roberto assumiu sem consultar nenhum dos membros. No entanto, a própria associação se encontra com os dias contados. Aconteceu uma mudança no financiamento de créditos. Agora, os olhos do governo estão voltados para a indústria têxtil, deixando o preço do algodão em queda. Ao redor das lavouras, o inseticida se mistura com cheiro de caducidade. Martins e seus comparsas perderam algumas alianças e ainda têm que engolir o interesse do vereador em tomar a prefeitura da cidade.

A Serpente Prudente já não tem o mesmo interesse pela política e pelos negócios. Um vento forte derruba a antena de TV. Cansado de tudo, ele se muda de casa e fica recolhido na fazenda. Os Palmares se sentem qual um gato que, para pegar um rato, bagunça toda a casa. Judite conseguiu o que queria. Assim como a casa abandonada — dentro de Martins sobraram apenas ruínas.

Todos os dias, o usineiro planeja ir até a casa abandonada, passar por cima de tudo com um trator, inclusive da cova de Judite. Se tivesse algum epitáfio, seria: *Viveu com uma beleza perigosa*. No domingo, a mulher, que já não fala com ele, vai à missa e os empregados ganham um dia de descanso. Gosta de ficar sozinho no quarto. Martins agora é um homem madrugado de silêncio. Já não importa tanto o poder. Ele preferia o filho vivo e brincar com um neto. Em suas divagações, se sente extraviado do seu tempo. A solidão mostra a ele como é o seu rosto: de um homem derrotado.

Alguém entra pela porta, escuta passos que surgem da cozinha. São tão leves que podem ser de algum bicho. Abre a geladeira. Numa manhã calada, qualquer coisa se faz sonora. O ruído da mastigação invade a casa inteira. Talvez um ladrão ou um empregado. Martins caminha até a cozinha e encontra um homem com uma arma apontada para a sua cabeça.

"Bom dia, doutor. Que fruta gostosa, nunca tinha comido. Acho que, aqui em Jenipapo, mesmo tendo dinheiro não se encontra. É como diz a minha mulher, mesmo com dinheiro, a qualidade de vida é péssima. Por essas bandas só encontro pitomba, goiaba e banana. Ainda estou com dor de barriga, uma manga com leite que comi. Que frutinha gostosa, me diz como é o nome dela?"

Martins não se assusta, a respiração não se altera. Acende um cigarro e, com um olhar frio, responde:

"É uma pera."

"Pera, que fruta boa da gota serena."

"Você deve ter muitos culhões para apontar uma arma para mim. Quem é você?"

"Eu sou aquele que você mandou procurar, o homem que matou Luciano. Minha graça é Sinval."

"Pode ir embora, eu já tinha desistido de procurar você. Muita coisa mudou, já não tenho cabeça para esse tipo de coisa."

"Saiba que, quando aponto uma arma para um homem, nunca converso com ele. Mas uma pessoa de fala mansa merece toda atenção. A minha mãe morreu quando eu era criança. Eu achava tão bonito dizer 'a finada minha mãe'. Ainda nessa manhã alguém vai falar 'o finado Martins'."

"Rapaz, já falei, vá embora, não tenho mais cabeça para resolver esse tipo de coisa. Vou ter que escrever isso com letras garrafais?"

"Quem disse que voltei por isso? Sua cabeça custou o preço de um jipe. Sabe como é, minha mulher gosta de coisa boa. O cigarro dela é da mesma marca desse do senhor. Espia só, eu tenho várias mortes, você é apenas mais um. Mas o verdadeiro criminoso aqui é o senhor. Sabe qual foi o seu crime? Ter acabado com a vida de Judite. Como é que manda matar uma mulher tão bonita? Mulher bonita da gota serena. O mais certo seria se matar depois de ver tanta formosura."

Correram boatos de que Vítor Augusto não terminara o ato. Martins, por alguns minutos, pensara em pedir que um dos matadores metesse apenas uma bala na testa de Judite e trouxesse o corpo. Ele queria transar até se satisfazer, já que o filho não gozou. Martins queria violar um corpo morto. Mas pensou que um dos homens poderia dar com a língua nos dentes e desistiu. *Qual a sensação de transar com um corpo morto?*, ele se pergunta. Antes de o usineiro encontrar resposta para a sua tara, o matador encerra a conversa.

"Sabe de uma coisa, acho que ando falando muito. Fazer barulho não é bom para os meus negócios."

Um disparo na testa. O corpo caído na cozinha não o incomoda. Sinval apenas toma cuidado para não pisar na poça de sangue que se formou. Lamenta que a carteira de cigarros, no bolso da camisa de algodão de Martins, ficou ensanguentada. *A mesma marca de cigarro que minha mulher fuma*, ele pensa. Abre a geladeira, come outra pera e, antes de ir embora, enche os bolsos com cachos de uvas.

© Tito Leite, 2024

Todos os direitos desta edição reservados à Todavia.

Grafia atualizada segundo o Acordo Ortográfico da Língua
Portuguesa de 1990, que entrou em vigor no Brasil em 2009.

capa
Giovanna Cianelli
composição
Jussara Fino
preparação
Elvia Bezerra
revisão
Huendel Viana
Ana Alvares

Dados Internacionais de Catalogação na Publicação (CIP)

Leite, Tito (1980-)
Jenipapo western / Tito Leite. — 1. ed. — São Paulo :
Todavia, 2024.

ISBN 978-65-5692-597-4

1. Literatura brasileira. 2. Romance brasileiro. 3. Ficção
contemporânea. I. Título.

CDD B869.3

Índice para catálogo sistemático:
1. Literatura brasileira : Romance B869.3

Bruna Heller — Bibliotecária — CRB-10/2348

todavia
Rua Luís Anhaia, 44
05433.020 São Paulo SP
T. 55 11 3094 0500
www.todavialivros.com.br

fonte
Register*
papel
Pólen natural 80 g/m²
impressão
Geográfica